Negros em Contos

Cuti

Negros em Contos

MAZZA
edições

1ª reimpressão – 2008

Capa:
Dino alves

Foto:
Bel Parolin

Composição eletrônica:
Maria Carmelita Ferreira Andrade

Revisão:
Rosane de Almeida Pires

Produção gráfico-editorial:
Mazza Edições Ltda.
Rua Bragança, 101 – Bairro Pompéia – Tel.: (31) 3481-0591
30280-410 Belo Horizonte – MG
www.mazzaedicoes.com.br • edmazza@uai.com.br

Dados Internacionais de Catalogação na Publicação (CIP)

Cuti, 1951 –
Negros em contos / Cuti. – Belo Horizonte : Mazza Edições, 1996.

ISBN 85-7160-078-3

1. Contos brasileiros. I. Título

CDD - 869.935
CDU - 869.0(81)

Índices para catálogo sistemático:
1. Contos: Século 20: Literatura brasileira
869.935
2. Século 20: Contos: Literatura brasileira
869.935

"A percepção do outro como resultante
da percepção de si mesmo é, sem dúvida,
um caminho, uma estratégia para pôr
em causa o conhecimento que já está
estabelecido, para desdramatizar as
relações sociais, étnicas e culturais."

Wilson do Nascimento Barbosa
(Atrás do Muro da Noite)

AUTO-RETRATO I

Carlos de Assumpção

Eu sou a noite
sem destino
esbofeteada pelo vento
nesta selva branca

Noite
que procura caminho
como o faminto
procura o pão.

Noite
que conserva
orgulhosamente

A despeito de tudo
um punhado de estrelas
em cada mão.

Igualmente para

Ayodele
Marinete
Eliane

SUMÁRIO

BONECA

Nenhuma! Cansou de tanto andar. Perguntara muito. Ouvira respostas de todo tipo. Algumas vezes reagira à escassa delicadeza de certos balconistas e mesmo às ironias finas. Em outros momentos fora levado à autocomiseração, depois de ouvir, por exemplo:

Sinto muito!...

Ou:

Queira nos desculpar... A fábrica não fornece, sabe...

Desanimar? Não. Não havia porquê desistir de encontrar o presente de Natal para a filha. Ele estava em plena forma física de seus 33 anos. Além disso, era como se a pequena o conduzisse pelas ruas do centro comercial. Continuar a procura, mesmo pisoteando o cansaço, era uma missão.

Com entusiasmo, entrou na loja seguinte. Cheia! Aguardou pacientemente. Uma mocinha branca, de ar meigo e aspecto subnutrido, indagou:

O senhor já foi atendido?

Não. Por gentileza, eu estou procurando uma boneca...

Temos várias. Olha aqui a Barby, a Xuxinha... E a loirinha foi apanhando diversas bonecas. Colocava-as sobre o balcão, como se escolhesse para si. *Olha que gracinha esta aqui de olhos azuis! É novidade. Chegou ontem e já vendeu quase tudo. Chora, tem chupeta, faz pipi... E essa outra aqui? Não é uma graça?* E levou ao colo a ruivinha de tom amarelado, bem clarinha. Mexeu-lhe os bracinhos e as perninhas, e indagou: *Não gostou de nenhuma?*

É que estou procurando uma boneca negra...

Meia hora de espera.

Tem sim! o dono da loja dirigia-se à empregada. *Procura melhor, na prateleira de baixo, lá em cima mesmo, perto da pia.*

A moça subiu de novo a escada, depois de sorrir um submisso constrangimento.

Desceu mais uma vez, recebeu novas instruções e tornou a sorrir. Em seguida, do alto do mezanino, mostrou o rostinho gorducho, marrom escuro, de uma boneca. Radiante, a balconista empunhava-a como um troféu. Assim desceu a escada. Mas, descuidando-se nos degraus, despencou-se. Todos se apavoraram. As colegas de trabalho foram em socorro.

Nenhuma fratura. Apenas um susto. O patrão exasperou-se, mas logo conseguiu controlar-se, vermelho como pimenta malagueta. A loja estava cheia. Foi atender o cliente:

O senhor desculpe a demora e o transtorno. Mas, não foi nada. O importante é que encontramos o produto. Está em falta, sabe... Eles não entregam. Eu mesmo encomendei na semana passada. Mas o representante disse que a firma está exportando para a África. Está certo, mas aqui também tem freguês que procura, não é? O senhor é brasileiro?

Sim.

Então... O homem engoliu a frase e preparou a nota.

Já na rua, o pai, entre tantos pensamentos, alguns desagradáveis, lembrou da descontração a que fazia jus, depois de suar expectativas naquela manhã de dezembro. Respirou fundo. Contemplou o lindo embrulho de motivações natalinas, em que se destacavam o Papai Noel, crianças louras e muita neve. Seguiu, os passos lentos, em direção a uma lanchonete.

Vai uma loira gelada aí, chefe? pronunciou o balconista ao vê-lo sentar-se junto ao balcão.

Sorriu, confirmando com um gesto de polegar.

Ao primeiro gole de cerveja, sentiu-se profundamente aliviado e feliz.

COCHICHO

Quando Marina chegou, José estava inteiramente nu da cintura para cima e segurava um punhal.

Sempre fora violento? Nunca. Rapaz pacato, não tinha o menor deslize com a esposa, a quem amava muito. Amava... Bem, talvez tivesse respeito de marido. Para ele a esposa sabia bem varrer os aposentos de seu coração, lustrar os móveis dos sonhos, fazer tricô com a paciência. Podia-se dizer um companheiro exemplar, desses que não atrasam para voltar do trabalho, nem passam noites fora jogando com os amigos.

Com o tempo, o cotidiano torna-se um verdadeiro explosivo de rancores e mágoas. E tudo vai arrumando suas desculpas e respostas à altura, enquanto os nervos afloram.

...

Não pisa no chão com sapato sujo! Não vê que acabei de limpar?

Caramba! Não se pode nem entrar dentro de casa...

...

O Carlinhos está precisando de um tênis novo.

Mas, eu não te dei dinheiro a semana passada?

Ah, mas quanto você deu? Fiz as compras... E ainda ficou faltando. Esse mês aumentou tudo!

...

Não vou com a cara dessa mulher.

Iiii, Bem! Dona Alda é tão boa...

Boa, sei... Essa mulher tem jeito de quem não presta. Acho bom não ficar dando muita confiança. Todo dia que chego, está aí no portão. Merda!

...

Benhê?

Hum?

Estou grávida.

HUMMMM?????????????????????????

Fim de semana, feira. Marina voltava. Os dois filhos comiam pastéis. Na sua bolsa alguns bobs escondidos. O marido que não os visse. *"Onde já se viu! É por isso que o dinheiro não dá. Só compra bobagem. Já não chega alisar o cabelo e ainda tem que enrolar?"* Certamente a repreenderia.

Tudo calculado. Chegando, ia direto colocar a bolsa no guarda-roupa **cheio de trapo fora de moda que não dava nem vontade de vestir**. Lembrou da noite anterior. Sonhara ser uma personagem de novela. Olhou para os filhos brigando por vantagens na troca de mordidas nos pastéis. Irritou-se:

Vamos parar já com isso! Meto a mão nos dois!...

Os meninos ficaram emburrados, apostando qual dos pastéis duraria mais. Ao chegarem no portão da casa, ainda beliscavam, numa disputa ferrenha.

Dona Alda aproximou-se.

Marina, Marina... Espera... E seu neném, está bom? Você está uma grávida muito enxuta. Tenho uma coisa pra te contar. Você ouviu ontem o bafafá na casa do Seu Tijuco?

Não, não vi, nem ouvi nada.

*Pois é, menina...*Olhou para as crianças que, entendendo o jogo da censura, afastaram-se. *Parece que o genro voltou. Diz que pegou a mulher, a filha do Seu Tijuco, e queria... Com perdão da palavra, diz que queria foder a coitada, na frente dos filhos dela!*

Não diga? E daí?...

Chegou a tirar pra fora. Diz que ele é um jumento. Já pensou!? Ficar se exibindo na frente de criança!... Deus que me perdoe!

Mas chegou a...

Não. O Seu Tijuco, coitado, estava no bar. Também, não sei o que esse homem faz o dia todo lá! Quando ouviu a gritaria, aí saiu junto com uma turma. Quando chegaram, ela já estava quase sem roupa.

Jura?

A Dona Anezita viu tudo. E diz que ele queria enfiar na moça de qualquer jeito. Mas a dita cuja, que não passa de uma boa bisca, andou arranhando a cara do safado. Quando aqueles pés-de-pinga correram lá, foi aquele fuzuê. Deu até polícia.

Nossa!...

A viatura chegou e o descarado ainda estava com as coisas de fora. Falta de capar um sujeito desse! Levaram ele debaixo de porrete. E a tal ainda queria defender o malandro!

Eu, hein! Se é comigo pedia pra dar mais borrachada nele.

Mas, você não ouviu nada, Marina?

Eu fui até a casa da minha mãe. Que esse aí, apontou para a própria casa, *depois te conto... Estava azedo ontem. Azedo! Parecia que ia ter um peripaque. Fica misturando um monte de religião na cabeça dele e depois eu é que tenho que aguentar.*

Pode ser outra, Marina. Convém desconfiar. Esses homens...

Bem, Dona Alda, deixa eu entrar que ainda tenho de fazer o almoço. Carlos! Roberto! Já pra dentro!... Até logo.

Entrou. Foi direto para o quarto esconder os bobs. Assim que fechou a gaveta e descurvou-se, voltando para a porta, arregalou os olhos. José, sem camisa, passou pelo corredor, com o punhal em posição de ataque. O itinerário da própria vida chispou nas retinas de Marina, que tentou um grito. A falta de ar impediu. O marido, os olhos turvos, boca de peixe morto, salivando, começou a fazer o estrago assim que chegou no quintal.

Ouviu-se a gritaria e, em seguida, o cacarejar desesperado. Os vizinhos acorreram.

Ao ser dominado, o homem já fizera sua última vítima: uma carijó bem nutrida, que ainda batia a asas no chão, com o punhal varando-a. Ao todo dez galinhas e um galo. Marina e os filhos, debaixo da mesa, amordaçados pelo pânico. José espumava, respingado de sangue, balbuciando trechos bíblicos e esotéricos. Fora amarrado, por dois homens, a uma viga de sustentação do galinheiro. Muita gente em volta.

Dona Alda, olhos de radar, montava com as amigas, os capítulos de sua mais recente novela:

Também, a Marina vivia se refestelando pro lado do padeiro... Sabe lá se aquela barriga não é dele. Deus que me perdoe!...

Mas, quando o homem estava sendo levado em camisa-de-força, ela percebeu em si chegarem as lágrimas. Sua secreta paixão ameaçava tumultuar-lhe o peito.

DESENCONTRO

Uns poucos anos de casado e meu sono conturbou-se.

Era um tempo de indecisão. Eu, cada vez mais macambúzio. Às vezes dormia doze horas corridas, em flagrante descontrole. Depois, os compromissos comprimiam-me.

Sofria de insatisfação aguda.

Era também um tempo de afetos falsos. As mulheres se aproximavam com suas tochas de paixão, ateavam-me fantasias e se recolhiam na seriedade de uma relação amistosa e casta. Por vezes eu ficava, desejo em brasa, coberto pela cinza do respeito, a aliança estrangulando o imaginário. Minha autovigilância acentuou-se. Toda ereção extraconjugal passou, discretamente, a ser retida com firmeza. Era a vida. Aprumei a gola da responsabilidade, abotoei os punhos do pudor e resolvi, definitivamente, tornar-me um grande chefe de família, para honra e glória do internato de padres onde eu fora educado.

Superei a insônia e o sono em demasia. Aperfeiçoei o nó da gravata e segui.

Primeiros meses daquela empreitada de rigidez: êxito! Mas, logo a experiência mostrou seu resultado desastroso. Depressão, moral vacilante, encontrei abrigo nos braços de uma cliente que, só mais tarde, eu soube de seu ofício. Era uma prostituta de luxo. Ela me recuperou (com todo o cuidado de não se apaixonar por mim) para o destino que eu havia traçado. Saí do relacionamento enfaixado por algumas dívidas e recolhido numa gonorréia. Minha esposa não fez qualquer estardalhaço. Conteve-se. Não a contagiei. Protegi a família constituída por nós dois. Após duas dezenas de dias, antibióticos devolveram-me às relações sexuais normais, de uma posição só, no escuro, uma vez por semana, após o jantar. A partir de então, contudo, o tratamento de "Bem", que ela me dispensava, passou a ter uma certa aspereza.

Assinei revistas eróticas, que foram abarrotando as gavetas da escrivaninha. Advogando só, sem funcionário, mantinha os tais periódicos longe da vista dos clientes. Um dia, minha curiosidade, repentinamente, ficou ereta. Em uma seção de cartas da revista Prazer Café, encontrei um apelo com o seguinte teor: **Amor delícia discreta. Sou jovem e bonita. Detesto escândalos amorosos. Gostaria de me relacionar com um homem de meia idade que soubesse fazer amor sem pressa. Minhas ancas dão quebranto. Mulata Recatada**.

Comecei a desabotoar o interesse. Cheguei a escrever um bilhetinho sensato, com tratamento de Vossa Senhoria, mas rasguei e resolvi procurar outra correspondente com menos segredo em seu apelo. Consultei as revistas Orgasmo Atual, Gozo Ação, Fêmeas, Sensualição, Tesão Ariana, Morenaço e outras. Queria uma aventurazinha que me desafogasse do matrimônio e seus limites. Entretanto, nenhuma daquelas revistas trazia a interrogação excitante da Prazer Café. Encafifei e caí, de súbito, em uma reflexão que, se fosse para nomear, poderia chamar-se "possibilidade de amor sem pressa". Para alguém como eu, que passara a trabalhar duplamente, no intuito de impedir a justificativa da esposa para procurar emprego, aquilo era uma antítese atraente, antítese também ao meu passado de coroinha e jovem carola.

Sem pensar na possibilidade de trote, comecei a bolar mentalmente uma carta à "Mulata Recatada", esquecido dos apelos de outros periódicos do erotismo, apesar de suas promessas explícitas de felação, coito anal, garantia contra AIDS, ajustamentos vaginais, posições inéditas e outros atrativos de indiscretas pessoas que se ofereciam para correspondentes.

Em um desses começos de noite, quando o intenso calor só nos dá vontade de apenas jantar conversa fiada com cerveja e tira-gosto, fui até a Associação, no bairro do Bixiga.

Cheguei por volta das 19:30 horas, sem nenhum arrependimento de faltar às obrigações profissionais que me aguardavam à noite. Cumprimentei Francisco, porteiro desde a fundação da entidade, e me dirigi ao bar, onde apanhei uma "gelada". Depois, sentei-me a uma das mesas do amplo salão de dança muito bem encerado. Havia poucas pessoas. Nenhuma eu conhecia. Logo após o primeiro copo, um impulso afetivo veio-me delineando a carta. Peguei um guardanapo de papel e fui escrevendo:

Prezada (e deixei em branco)

Há algum tempo emprestaram-me uma revista em que, depois de folhear, encontrei sua proposta de correspondência.

Muito me alegrou sua ligeira preocupação com os escândalos amorosos que levam as pessoas, quase sempre, ao desespero do desamor.

Tomo a liberdade de parabenizar sua proposta de correspondência e, achando-me no grisalho próprio da meia-idade, candidato-me, com humildade, a ser seu correspondente.

Aguardando resposta...

Neste ponto, ouvi a voz de Sinval:

Sumido!... Quanto tempo, doutor!... e deu-me um forte e efusivo abraço. E precipitamos um chuvisco de amáveis confetes verbais.

Ele era contador e prestava serviços gratuitos à Associação Bom Crioulo. Havia insistido, várias vezes, para que eu participasse mais em prol da raça. De minha parte, sempre apresentei desculpas. No fundo, era meu medo de ser acusado, por quem quer que fosse, de racista às avessas, revanchista...

A Associação, de tempos em tempos, promovia atividades culturais, com palestras, discursos. Surgiam então pessoas radicais. Eu não queria me envolver. Afinal, se o fizesse poderia ser mal visto até mesmo por minha clientela. Sinval, em nome da nossa amizade, perdoava-me a falta de cooperação. Além do mais, ele conhecia os nítidos traços germânicos de minha mulher.

Depois que sorveu todo o conteúdo de meu copo – símbolo de nossa camaradagem, que remontava ao serviço militar – contou-me as novas de sua vida e rabiscou, com gestos ligeiros no ar, seus objetivos. Levantou-se e foi buscar mais cerveja. Aproveitei a ausência do amigo, reli o meu bilhete, dei um fecho rápido. Anotei a destinatária, Mulata Recatada, entre aspas, dobrei e coloquei-o na carteira.

Como vai a Associação, Sinval? perguntei assim que ele voltou a sentar-se à minha frente.

Vou te contar, Pedro, mês passado quase que fechamos. Não fosse o deputado chegar da África (que ele andou viajando por lá) e a coisa tinha ficado "branca", acentuou, riu gostosamente e continuou: *Chegou justamente quando o oficial de justiça já estava dando em cima da gente. Sabe como é, o homem agora é do partido do governo... Deu dois telefonemas e tudo ficou ajustado.*

Muito dinheiro a dívida? manifestei minha falsa preocupação. Jamais eu havia colaborado com um centavo além do recibo de sócio.

Chiiii... Tanto que agora o negócio é dar um baile atrás do outro. Hoje, por exemplo, véspera de feriado, começamos. Como amanhã é sexta-feira, ficam emendados quatro bailes.

Bem, então hoje vai ter? Mas, o Francisco não me cobrou nada?

Sócio não paga, Pedro. Do sócio a gente fatura é no bar.

Bom...

É, mas a cervejinha precisa ser consumida, entendeu? Você está incumbido de pagar mais uma, hein! Uma dúzia!...

e riu como sempre, de vento em popa. Acompanhei Sinval na risada e me senti bem mais à vontade.

Já estávamos na quinta garrafa e quilômetros de conversa, quando chegou à nossa mesa uma mulher lindíssima. Cumprimentou Sinval e, voltando-se para mim, lançou-me uma piscadela de vertigem. Ou apenas imaginei?

Sinval apresentou-me à moça, com preâmbulos elogiosos, como era de seu feitio e, percebendo a empatia que se estabelecera entre eu e ela, encarou-me e selamos um acordo em silêncio. Conversou mais uns dez minutos e, depois de uma desculpa qualquer, saiu, dizendo:

Logo volto.

Não voltou. Fiquei para o baile e me esqueci nos encantos da mulher. Alta, curvas estonteantes, usava um macacão azul claro, cabelos bem alisados, na voz uma rede oferecendo descanso. Chamava-se Adelaide.

Já não me lembro o que disse, mais tarde, ao telefone da secretaria da Associação. Minha esposa pareceu não gostar muito e desligou o aparelho com certa brutalidade. Só na manhã seguinte eu poderia estar em casa, "por motivo de trabalho".

Ao sair da pequena sala, observei: Adelaide dançava com um desconhecido. Esperei de pé, disfarçando. Acabou o samba-canção. Largaram-se. Ela veio a meu encontro e retomamos a nossa, repentinamente nossa, intimidade, num partido-alto que encheu o salão, naquele momento consideravelmente povoado. Minha reprimida paixão pela dança abraçou-me com as raras recordações da juventude. Eu já sentia o quanto, o quanto de Adelaide faltava em minha esposa.

Madrugada, minha vida mudada na troca de calor sob o lençol. A porta de meu coração escancarada. Dentro Adelaide, prometendo não sair.

Umas semanas de felicidade suprema e desculpas esfarrapadas em casa. Eu já calculara várias introduções do diálogo rumo ao divórcio amigável. Minha mulher não ajudava. Fazia-se de desentendida. Numa noite, o telefone tocou. Eu acabara de chegar do trabalho. Era Adelaide. Tumultuava o nosso trato de não precipitar as coisas. Trazia na voz uma justificativa adorável: saudades. Estivéramos juntos na véspera! Convidava-me para uma festa íntima logo mais. Sério, provavelmente até sisudo, eu respondia com monossílabos.

Fui à casa de Adelaide, carregando o peso de mais mentiras (devia analisar e preparar um pedido de habeas-corpus urgente...). Passei antes no escritório para me apossar de um álibi.

Adelaide morava sozinha, por opção, segundo ela, em uma kitchnette muito bem decorada. A família residia na cidade de Campinas. Em São Paulo ela estudara Assistência Social, formara-se e exercia a profissão.

Dei boa noite ao porteiro do prédio, que me respondeu dizendo:

Boa noite, Seu Pedro! O senhor... A Dona Adelaide teve que sair um instantinho, mas deixou a chave. Disse que não demora.

Estranhei. Agradeci. Quando já estava à porta do elevador, ainda o porteiro:

Ah, o senhor pode ver se é pra Dona Adelaide? Não está no nome dela não, mas é o número do apartamento. Quem sabe algum parente... Trouxeram agorinha mesmo, finalizou, estendendo-me o envelope.

Um choque! Destinatário: Mulata Recatada.

Quando Adelaide chegou, eu ruminava rancor. Repeli seu beijo. Ela caiu do sorriso.

O que houve, Pedro? balbuciou.

Dei-lhe as costas e fui até a janela. Sua festinha particular, que eu percebera na arrumação dos copos e flores, perdera para mim todo o sentido. Eu incorporava o papel de um marido candidato a crime passional. Ela se desvencilhou do pacote que trazia e tocou-me docemente:

Vamos conversar. Por favor...

Sentei, com a tensão aumentada. Ela aconchegou o embrulho no colo e começou a soltar-lhe a fita adesiva. Um lindo bolo confeitado surgiu. A cada movimento delicado, ela parecia recuperar a calma, enquanto em mim o tumulto interior crescia mais ainda.

Fiz alguma coisa de errado, foi perguntando, *justamente no dia do meu aniversário? É por causa do telefonema que você está assim?*

Explodi:

Vai me explicar, sua puta! Que negócio é esse de Mulata Recatada? Quem é esse tal de Lúcio?

Eu agitava o envelope ainda fechado. Estava transtornado. Vociferei e, após tantos outros impropérios meus, saí, esmagando na porta seu quase gemido:

Eu não sei, eu não sei de nada...

Dirigi em alta velocidade. O duplo sentimento de traição inundou-me com um turbilhão de imagens violentas.

Antes de chegar em casa, parei frente a um bar. Desci em busca de bebida forte. Após o último gole de um conhaque barato, lembrei-me que o envelope estava no bolso do meu paletó. Eu o violei, sem pudor, e passei a ler o que não me era endereçado:

"Prezada Adelaide

Há algum tempo emprestaram-me uma revista em que, depois de folhear..." Era na íntegra o texto de minha cartinha, mas datilografado com esmero. Meu nome como signatário e, abaixo, inúmeras ofensas de baixo calão. Por fim, o nome revelador. Não era Lúcio, mas Lúcia. Meti a mão no bolso e puxei a carteira. O manuscrito, ali esquecido, desaparecera.

Entrei em casa temeroso e confuso, porém pronto para iniciar uma separação litigiosa.

Na sala, sobre a mesinha de centro, encontrei meu manuscrito. Embaixo dele uma carta. Era a despedida que desfazia um lar. A ausência de Lúcia ricocheteava pelos móveis. Meu injusto ódio contra Adelaide empurrava-me para um angustiado abismo.

Do espelho à minha frente, a solidão fitava-me com um olho castanho e outro azul. Flechas de vazio traspassaram-me o desejo de ser feliz.

CARRETO

Quinta, dia de grande feira no bairro do Butantã.

Cedinho, em meio à cerração, ele segue ladeira abaixo. Com o pé num breque de borracha, sustenta o carrinho de madeira, que desliza sobre duas rolimãs, atrás, e uma roda de betoneira à frente. Com os carretos de hoje deverá conseguir, no mínimo, dinheiro para o remédio, cuja receita encontra-se amassada no bolso. Se o dia for bom, ainda sobrará para as balas e um maço de cigarros.

Faz frio e a blusa, que a mãe recebeu na casa da patroa, não lhe aquece bem a magreza. No estômago, pão e café puros torcem-se.

Força o calcanhar. O carrinho vai parando. A roda dianteira no ar, suspensa, gira livremente. Segue a Avenida Corifeu de Azevedo Marques, interrompida por escavações para saneamento básico. Entre buracos e montes esparsos de terra e asfalto destruído, empurra, sustentando as alças de madeira, que rolimãs sem asfalto não deslizam. Pés descalços, vai na esperança de conseguir trabalho. Sente-se adulto em seus treze anos. Pensa na doença do irmão. Está resoluto: **Vou conseguir o remédio.**

Nove horas. Só um carreto para uma senhora. Não combinara o preço, crendo na generosidade dos velhos. Hora de pagar, a mulher dá-lhe só a metade do que costuma cobrar. Reclama, mas ela revida com um desdém, dando-lhe as costas. Engole seco.

Na rua principal de acesso à feira, muitos garotos oferecem serviço. Têm idades variadas. São movidos pela responsabilidade que a pobreza lhes impõe.

É aceito por uma outra senhora. Um competidor surge e disputa:

Moça, eu faço mais barato.

Perde a paciência. Dá um tapa no adversário. A mulher resolve:

Nenhum dos dois! e chama um outro, que a acompanha sorrindo.

Cacete! Ia dar uma nota..., pensa, com ódio nos olhos, enquanto o concorrente foge.

Resolve adentrar o movimento. Oferece-se para transportar compras, mas sua voz some em meio à gritaria dos feirantes. Continua, insiste:

Olha o carregador! Olha o carregador! Olha o carregador!

O céu estronda. Pressa nos passos. Os carrinhos que as mulheres transportam, para evitar despesas com os meninos, são arrastados com mais vitalidade.

Rente a uma barraca, aproveitando a agitação, apanha uma jabuticaba.

Ô, macaco! Fora daqui, tição apagado! o feirante grita.

Olha o carregador!... insiste no seu pregão.

Hei, vem cá! alguém intima. E continua: *Dá o carrinho aqui.* É um funcionário da prefeitura.

Duvida. Mas é verdade. O homem robusto leva seu ganha-pão, dizendo ser proibido. O menino segue-o sob uma fina chuva que se inicia. Já próximo às barracas de peixe, observa o tumulto fora da feira, para além do pasteleiro. Dois homens lançam seu carrinho de tábuas em meio a outros sobre um pequeno caminhão quase repleto. O barulho de madeira contra madeira lasca a esperança. É o rapa que, periodicamente, é realizado não se sabe por ordem de quem.

Pô, a molecada nem pode trabalhar sossegada!... Maior trabalho de fazer um carrinho, chegam essas caras e..., resmunga a outro colega, sustentando um pedregulho para atirar contra os homens.

Chovem pedras. Trovejam gritos. Desencadeia-se uma correria de homens e moleques.

Traga com dificuldade a forte bia de cigarro pega no chão. Evita, com esforço, a tosse. Fugiu da confusão, depois de também lançar algumas pedras contra os funcionários municipais. Mas perambula ainda pela feira. Está decidido: só voltará para casa quando arranjar o dinheiro do remédio.

Sem nada para adoçar a vida, põe-se a mastigar planos amargos. Olho nas bolsas. **O Gulinho vai sarar!** repete consigo mesmo, medindo as possibilidades. O vento espanta as nuvens e o sol acalma o vaivém na feira. Uma velha de óculos dourados, cabelos brancos, bem trajada, compra tomates verdes e grandes. Pende de seus braços, pálidos e murchos, uma bolsa branca de crochê. Na mão esquerda anéis e alianças, na direita algum dinheiro enrolado.

Um salto. Um grito. Outros gritos de **Pega ladrão!** Inicia-se a fuga. Ágil, o menino ultrapassa o obstáculo de transeuntes. Em seguida pula um muro de quintal, mas é surpreendido por empregada de vassoura em punho. Lembra da mãe, numa faísca de tempo, e volta atrás. Na calçada de novo, surge feirante em seu encalço, muito próximo. Foge em direção ao Rio Pinheiros e, por uma rampa de terra, rola rumo à Avenida Marginal. Um caminhão-tanque brecando, derrapando, roda dianteira direita rumo à cabeça do fugitivo... Pára! A menos de um metro de distância. Desce o motorista esbravejando, chega o feirante afobado. Põem-se a falar, suspendendo o pequeno assaltante, que apresenta escoriações pelo rosto, pernas, braços. A bolsa é arrancada a safanão. Uma tenaz peluda aperta-lhe fortemente o braço. Arrastam-no ao encontro do guarda gordo e afogueado.

Trombadinha, hein!?... diz o policial, com um sarcasmo retorcendo-lhe a boca.

Algemas, banco de trás da viatura, olhar em pânico, encolhe-se espremendo a lágrima necessária, que teima e sai.

Ô, neguinho, desce!

Ele desperta de um outro mundo. O policial empurra-o pelas costas, enquanto o motorista já caminha à sua frente com uma prancheta debaixo do braço. Sobem uma escada.

Recebe ordem para sentar diante de um escrivão. Chega o delegado.

Nome?... Idade?... Onde é que mora?...

Depois, mandam-no para o "chiqueirinho", uma pequena cela em um porão. Já tem a alcunha de Pelezico, que o investigador alardeia, diante dos outros presos, acrescentando:

É preto e tá com a camisa do Flamengo.

Alguns risos e chacotas.

No chão dorme um bêbado balbuciando. O garoto procura acomodar-se na pequena cela superlotada e fétida. Está entre adultos. Busca a receita no bolso. Desapareceu. Apavora-se, prostrado num imenso cansaço. A noção de tempo se vai num cipoal de pensamentos, ramagens de sonhos e troncos de medo...

A mãe abre a porta e entra furiosa.

É isso! Puxou o pai direitinho. Só falta andar caindo bêbado pela rua. Seu moleque desgraçado! Praga dos infernos... Como é que vai roubar dinheiro dos outros? Fala, praga! e agride-o com tapas na face esfolada. Depois segura-o pelos cabelos e vai batendo-lhe a cabeça na parede...

Que gritaria é essa aí, moleque? diz alguém.

José desperta do pesadelo repentino. Os demais presos olham-no. Pelas grades, um policial dirige-se a ele:

Levanta, pivete! Vamos sair.

À porta da delegacia, a perua do Juizado de Menores. Levam-no.

FUMEN – Fundação do Menor. Assistência Social. Sala bem iluminada. Uma mulher ruiva ocupa-se em ler. O garoto observa, levantando levemente os olhos. Mantém, contudo, os músculos retesados. Às suas costas a porta trancada. Nenhuma possibilidade de fugir. Em volta não há qualquer instrumento para fazer uso em sua defesa. Depois de um silêncio comprido, ela encara-o. A voz forte e agressiva inicia pelo recém-apelido: *Pelezico!...* Primeiro perguntas formais, depois questiona a intimidade. José torna-se mais seco e ríspido. Não quer se emocionar. Até que se emburra e não fala mais. Gulinho chora no fundo de seu peito, lá no cômodo e cozinha da Vila Indiana. Sem o remédio. É preciso protegê-lo, que a mãe só volta de suas faxinas tarde da noite.

MORRO

Choveu mais da conta. A casa caiu em cima da família. Perda completa. Vivo, ele restou soterrado de morte.

Com o tempo pensou na ressurreição, no renascimento para longe da angústia e das lágrimas. Casou de novo. Mas caiu, feito barro mole, sobre a nova família. Impregnou a todos.

IN-CURA

Era branca de doer. Mas, como amor não tem cor, desposou um negro retinto. A dor não passou. Desenlace, divórcio, casório de novo. Loiro de olhos azuis. A dor piorou.

O MELHOR AMIGO DA FOME

Bateu palmas.

O que é? gritou a mulher.

A senhora pode me arrumar um prato de comida?

Espera um pouco. Eu vou ver se sobrou, respondeu ela, voltando-se para o interior da casa.

O mendigo encostou-se no portão. **Que merda essa vida de ter que ficar pedindo!...** Este pensamento socando-lhe o cérebro, como resquício de sua antiga condição: trabalhador em indústria de autopeças. Foi quando sentiu agudíssima a dor, seguida de um rosnar. O cão pastor havia abocanhado seu braço, com fúria.

Pára, Mimoso! Já pra dentro!... ralhou a dona da casa, em seguida. O animal obedeceu.

Machucou, moço?

Não senhora... Acho que não, respondeu, o coração desajustado. A fome, no entanto era uma dor maior. No braço coberto pelos trapos, a marca dos dentes do bicho. Mas a fome...

O senhor aguarda um pouco que estou esquentando.

Quando chegou a sobra, fumegando em uma lata de conserva, era um banquete.

Comeu. Comeu. Comeu. Disse muito obrigado. Recusou o mercúrio para o ferimento. Lançou um osso para um vira-latas que passava na rua e se foi.

À noite, foi atacado por uma crise e morreu de raiva.

PRETO NO BRANCO

Betão namorava uma garota lá do bairro do Maxixe. Aquela confusão de sempre: pai que não quer, mãe que não gosta, irmão que dá em cima... Mas, a moça se apaixonou por ele a ponto de ir contra tudo e todos. Passou por cima dos preconceitos da família e botou seu amor dentro de casa. Os móveis devem ter tremido, o feijão queimado e a vizinhança, certamente, deve ter feito hora extra na fofoca.

Foi num sábado à tarde. Sentado, na sala, meu camarada conta que ficou sozinho, envolto pelo ar pesado. A namorada saiu pra fazer sei lá o quê. Ele começou a olhar os quadros na parede. Um deles, a santa ceia de sempre, com Jesus no meio e o Judas ao lado, a fim de meter a mão na taça. Segundo o Betão, o saco de dinheiro do Judas era gordo demais e devia ter mais de trinta moedas. E os apóstolos, todos com ares de que sabiam que o safado já havia passado o Cristo nos cobres. Meu amigo é ótimo em fazer comparações!... Segundo ele, o saco pendurado na cintura do traidor dava a impressão de ter dentro uma bola oficial de futebol.

Depois de ter visto uma meia dúzia de fotos – evidentemente não faltou aquela do casal feliz do peito pra cima – ele parou os olhos em uma imagem um tanto amarelada. Era uma patrícia, dessas que não disfarçam a origem. Olhou, olhou... Não era impressão. Fixou bem a mulher de ar solene ao centro de um conjunto indiscriminado de pessoas. Depois, sentou-se, acendeu um cigarro e ficou aguardando, preparado, capoeirista bom que tinha sido.

A gente é amigo de infância e sempre manteve uma conversa aberta, franca. Quando ele me contou o caso pela primeira vez, nosso papo se deu mais ou menos assim:

É gosto pela mulher ou desgosto de ser negro? fui questionando.

Que isso, Baltazar! Você acha que eu ia negar a raça? arregalou os olhos.

Continuei:

Vai dar uma de jogador de futebol só porque está com empreguinho melhor, comprou pé-de-borracha, a favela tá longe?...

Quando cheguei nesse ponto, ele parecia que só olhava dentro dele, assim, como quem estivesse do avesso. Prosseguí:

É isso, Betão, vai naquela onda de que amor é cego e no fundo, no fundo, está mais é querendo abraçar uma princesa Isabel. Toda garra de crioulo consciente vai pras cucuias.

Oooooo, Baltazar, vai devagar. Pega macio. Não exagera. Não é bem assim..., replicou ele, sem muita convicção. E acrescentou: *Você é meu camarada, meu irmão de longa data. Não vai achar que eu estou de otário na parada, vai?*

Mas, é melhor você se confundir um pouco agora do que se foder depois. Sabe como é que são esses brancos quando dão pra humilhar a gente! Esse negócio de racismo funde a cuca de qualquer um. Lembra do Elias? Ficou lambendo tanto a mina que ganhou um par de chifre e ainda foi xingado de macaco. Quis sair na porrada e acabou sendo grampeado.

Ele podia ser tudo, mas sabia ouvir. Foi uma conversa de raspar fundo de panela. Ali, nós dois no jogo da honestidade. A gente nem viu a hora passar. E sem birita. Que a situação não era de afogar mágoa.

Mas, voltando à casa dos brancos, a namorada retornou acompanhada de sua mãe que, muito solícita, exagerou delicadezas ao cumprimentar meu amigo. Segundo ele, a mão da mulher parecia mão de defunto. Aí, papo vai, papo vem, a tal senhora fazendo seu inqueritozinho manhoso:

Onde é mesmo que o senhor trabalha, Seu Adalberto? O senhor tem família? e por aí afora, tudo bem à moda antiga.

Chegou o pai, cara amarrada, acompanhado pelo filho. O velho já entrou em posição agressiva:

Então o senhor que é o tal de Adalberto?

E o Betão saiu com essa:

Eu não sou então, nem senhor, nem tal. Adalberto Pereira dos Santos a seu dispor, e estendeu a mão. Desarmou. O sujeito ficou sem saber onde pôr a cara e cumprimentou fortemente. O irmão abaixou a cabeça, sem dizer "a", e saiu.

Quando tivemos aquele tête-à-tête, num dado momento ele me disse:

Baltazar, sabe que eu não transei com ela ainda?

O quê? É virgenzinha? ri debochado.

Não ri que é sério, me olhou com uma fúria pacífica. E foi em frente: *Você é o único a saber desse detalhe, além de ser meu apoio de conversa. Eu e ela, Baltá, a gente se gosta mesmo.*

Mas, hoje em dia não tem mais esse tipo de namoro sem cama.

Sei. Mas, eu preciso testar. Ando a fim de amor, sabe. Você conhece a minha história. É meu melhor amigo. Sabe muito bem que já transei com um bocado de branca. Não é por causa de chochotinha rosada esse meu envolvimento. É que a Marli realmente mexeu fundo, mano, aqui dentro. Não tem essa de racismo, não. Minha mãe também já andou dando os palpites dela. Aliás, de novo me torrou a paciência com a história da Verinha.

Sempre ao lembrar da ex-namorada, ele ficava com uma tristeza carrancuda, contraindo os lábios, e seu olhar amortecia. Não sei se de remorso ou simplesmente pena.

Verinha era também branca. Assim, pele um pouco chegada à nossa. Não sei se podia dizer que era parda. Talvez na

Europa fosse até considerada mulata ou negra... Sei lá, esse negócio de cor de pele é um pouco complicado mesmo. Apesar de seu cabelo encaracolado e um nariz de meio vôo, deve ter sido registrada como branca. Na certa.

Ela se apaixonou pelo Betão numa fase muito conturbada na vida dele. Ele estava brigando na justiça contra um chefe da firma em que trabalhava, por causa de discriminação racial. Não era promovido nunca. Juntou a papelada de tempo de serviço, elogios, e foi pra cima. Mas, como sempre, não deu em nada. Os próprios colegas puxaram o tapete dele. Não foi mandado embora nem sei porquê. Acho que o manda-chuva da empresa tinha alguma simpatia por ele. E, não sei se por isso ou por qualquer outra quizila, parece que a Verinha acabou sendo o bode expiatório. Coitada, ficava atrás dele, insistia. E o Betão desprezava. Chegou a me dizer:

Meu negócio com essa daí é só foder. Quando me enjoar, dispenso.

E foi o que fez. Só que ela já não conseguia mais viver sem ele. Não sei se acostumou com o sexo ou era paixão mesmo. É difícil saber essas intimidades. Além do mais, não tive contato muito próximo com a Verinha. Ele próprio parece que evitava. Dela mesma, falava muito pouco. Só comentava sobre a ginástica dos dois na cama. E às vezes me fazia rir de suas acrobacias.

Dela, fiquei com pena depois. Eu, que não tinha nada a ver com o peixe, recebi a visita. Ela estava em prantos, olho inchado de chorar, o transtorno mostrando a cara. Até dói lembrar. Dizia:

Fala com ele. Eu não fiz nada. Faço tudo o que ele quiser. O que andaram falando de mim é tudo mentira...

Sabe quando uma pessoa se arrasta, se torna uma coisa, perde a dignidade? Assim é que ela estava. Eu, pra me ver livre, disse que ia falar com ele. Mas, não meti a colher naquele caldo. Uma, era possível se perceber o cheiro de pimenta. Outra, eu também andava com os meus enredos de lençol bem complicados. Não tinha condições de ajudar ninguém.

Soube depois que a Verinha tinha tomado um bocado de comprimido, baixado num hospital em estado de coma... Por fim, teve alta, e sumiu. A família dela, que era bem desajustada, nem deu a mínima. Passado mais ou menos um ano, eu soube. Ela havia morrido a facadas na boca do lixo. Nessa época, meu amigo já andava às voltas com Marli. Essa eu conheci bem mais. Ele era capaz de deixar eu e ela, sozinhos e pelados, no escuro. E ela? Exagero! Nunca vi veneração tão séria em cima de um cara. Eu fiquei sendo, a partir de um certo ponto, um conselheiro dos dois. Por isso sei muita coisa e posso contar. Me lembro que, depois daquela visita à casa de Marli, apesar das dificuldades com a família dela, meu amigo sentia-se vitorioso. Dizia:

Baltá, o velho eu já dobrei. Agora, a coroa é uma parada! Justamente ela. Eu pensei que fosse a mais fácil. Ela e o moleque, assim chamava o irmão da namorada, aliás o personagem complicador da história.

O Betão tinha sido promovido a chefe de seção na indústria de calçados. E não é que um dia, adivinha quem apareceu para ser entrevistado por ele a fim de começar a trabalhar? Exatamente o Rubinho, o tal "moleque". Quando ele entrou na sala e deparou com o Betão atrás da escrivaninha, foi jogo duro. O carinha ficou amarelo, roxo, verde... Olhou pro meu amigo e saiu com essa:

Enfia o emprego no cu. Nêgo nenhum vai me dar ordem! e se retirou, batendo a porta.

O Betão saiu atrás dele, mas não conseguiu pegar.

Naquela noite aconteceu a tentativa de homicídio.

Meu camarada foi chegando em casa e o tal apareceu empunhando uma faca de cozinha com ponta improvisada. Deu duas chuchadas e se mandou, com o nariz sangrando. Tinha levado um soco.

Betão, ao invés de ir direto pro hospital, pegou o carro e foi até a casa da Marli. É um doido!... Chegou lá e mostrou:

Olha aqui, Dona Vitória. Está contente agora? Foi o racismo do seu filho querido.

A mãe da moça, quando viu o sangue, desmaiou. Marli estava em casa. Ao ver o namorado daquele jeito, colocou ele dentro do carro, pegou na direção e: hospital. Deixou a mãe aos cuidados da vizinhança que chegou.

Cadeia pro "moleque"! Foi pego pela polícia de madrugada, quando tentava tomar um ônibus na rodoviária. Na frente do delegado, ele deu início à acusação. Disse, entre outras coisas, que o Betão tinha estuprado a irmã dele e feito ameaça a fim de que ninguém soubesse. Marli, 27 anos, não era mais criança pra fazer coro com a birra do irmão. Mas, a denúncia era séria. Meu amigo ia encarar mais uma parada daquelas, entre tantas nos seus 30 anos.

Depois de recuperado dos ferimentos, foi chamado pra depor quase como réu. Além dele, a namorada, Dona Vitória e seu Venâncio. Marli segurou a barra e submeteu-se a exame. Resultado: virgem.

Uma semana após os depoimentos – o tal Rubinho ainda em cana, mesmo porque era de maior – os dois chegaram lá em casa. Fui convidado. Ou melhor, intimado, assim, de supetão. Não queriam discutir a pressa. Aceitei ser o padrinho. Casaram só no civil, alguns dias depois. Pai e mãe dele meio chateados. A presença só de uns poucos amigos. Da família dela, ninguém se fez presente, a não ser uma figura muito amável, de cabelos brancos. Tinha viajado doze horas para assistir à cerimônia de sua neta.

A avó de Marli era real e lindamente negra, como na foto que deixou meu amigo intrigado na primeira visita.

O BATIZADO

Barulho de garrafa estilhaçada.

JOANA com as mãos no rosto, a vergonha queimando as faces. Seu temor da desarmonia e do vexame: **Paulino estragando a festa dando o seu espetáculo de sempre não foi viajar como prometeu lá com o grupinho dele e agora ai minha Nossa Senhora o prédio amanhã vai estar em polvorosa vão comentar o papelão da casa dos pretos porque é assim mesmo que chamam a gente são capazes de ligar pra polícia só pro escândalo aumentar já devem estar rindo pelas janelas eu bem falei pra fazer a festa na casa do Tico a Zuleica não quis ia na certa dar nisso aqui...**

DONA ISALTINA e uma enorme vontade de chorar: **só às lágrimas ele dá atenção será que vai ficar falando a tarde inteira ofendendo os outros justo hoje fazer papel de estraga-prazer a coitada da Joana fez até crediário de bebida fina convidou gente importante meu Deus e agora ir tudo por água abaixo esse rapaz não anda bom a conversa dele já deu briga outro dia o pai acaba não aturando a barulheira e daqui a pouco é aquele bafafá com a calma do Tico o Paulino não pára fica atentando os outros já batizou tá acabado não tem nada de ficar trazendo discórdia pra família só perturba os outros ainda disse ia viajar não foi pra aborrecer todo mundo não anda bom não era revolta-**

do desse jeito deve ser coisa daquela negrinha metida depois de conhecer ela mudou da água pro vinho lê esse mundaréu de livro mas ninguém dá ouvido pra o que ele fala não tem modos não sabe conversar aí se dana fica assim meu filho deve ter alguma coisa...

Dona Isaltina não se contém. Os olhos esquentam e começa a tê-los enfumaçados. Minúsculos córregos, de vida curta, serpenteiam suavemente pelo rosto cheio e luzidio. Em silêncio. No semblante, um porejar de preocupações.

BELMIRO fuma. Este cigarro acendeu no outro. Diante da atitude do filho, enche o peito numa imensa tragada. Ouve, no entanto, com ares de calma, emoção controlada, irritação latente. Aos amigos não dará espetáculo desagradável, não pode. Os comentários na repartição semeariam risinhos por todos os lados. As piadas viriam na certa, como daquela vez. Usara uma calça cerzida no traseiro, tamanha era sua penúria na época. No mesmo dia apareceu a nota no quadro de avisos: "Colaborem com um amigo urgentemente. Necessita de uma calça de brim ou de uma bunda nova". Não, não havia razão para brigas. O sacrifício de vencer a estreiteza do orçamento para realizar a festa não merecia tal perturbação. Aquele filho problemático!... Tirar o seu prazer!... Afinal, era o sentimento de continuidade numa segunda geração, ali sendo comemorado, ganhando o âmbito de suas relações sociais. O primeiro neto sendo festejado, depois de um batismo cheio de cumprimentos, respeito, orgulho... Não! **O Paulino com a conversa de seu movimento não pode estragar a festa não vai me tirar do sério se conseguir será de uma vez por todas ainda sou o chefe da casa se não estiver bem com a família vai então morar lá com seu tal movimento fala fala fala em prol da raça e agora quer estragar tudo dar show pra essa gente branca ver... não...**

Paulino, meu filho, venha cá. Por favor, chamou em tom enérgico, o mais controlado possível, contudo. O rapaz, com parte da garrafa de cerveja segura pelo gargalo, estava partindo para os exemplos de mostrar o efeito do álcool no povo negro. Não atendeu ao chamado.

TICO: o pai precisa se controlar quando começa a fumar demais a coisa logo estoura deve deixar comigo o Lino anda só entusiasmado não é um cara ruim é preciso entendê-lo a gente em época de vestibular fica assim mesmo tá certo ele faz mal de misturar tanto estudo com esse negócio de raça mas nem tudo que ele fala está errado só não pode é ter banzé logo hoje o pai é melhor ficar quieto no seu canto depois dessa de exemplificar idéias quebrando garrafa parece que se entusiasmou vou falar com jeito mas tenho que ser firme senão o pai perde a calma e a encrenca tá feita .... parece não ouvir porque também não dei um pouco de atenção pro Lino todo mundo aqui em casa despreza ele não me custava nada ir num centro qualquer de umbanda e fazer lá um benzimento enfim o filho é meu mas ia ser aquele falatório a mãe na certa ia começar com a sua ladainha... ninguém tem mais religião nessa casa... coitada parece até que está chorando eh o pai...

Tico, até então com o filho no colo, entrega-o a um homem branco:

Compadre, segura o Luizinho aqui, faça o favor. Pode levar ele pro quarto. A Zuleica está lá. É... lá no quarto do papai.

Aumenta a tensão na sala.

Ouviram todos vocês? Eu acabo de dizer, com este exemplo nas mãos, da quebra da nossa identidade negra. Ouçam o nome de meu adorado sobrinho: Luizinho... Já não chega o sobrenome Oliveira? Luiz é nome de qual ancestral? Refere-se a qual matriz cultural? E, minha gente, o nome é de origem francesa. Significa defensor do povo...

Paulino! Tico, tocando o irmão bem de leve, apela. Não recebe atenção.

... que não é nosso povo. O meu sobrinho é, pelo significado do nome, defensor do povo francês. E o seu povo? Aí está a violência da mesma forma que estava nessa garrafa. Vejam, estes cacos na minha mão oferecem menos perigo do que o conteúdo. O álcool é o pior inimigo da nossa raça.

Filho, escuta sua mãe...

E reparem na contradição: minha família, depois de negar suas raízes, com esse batizado, ainda tenta me impedir de falar. A alienação é dupla. Querem me impor censura! Fosse o nome escolhido um nome africano, como por exemplo Kalungano, Sawandi, Kwame, Omowale, ou uma dijina das nossas verdadeiras religiões, e eu não estaria aqui dizendo estas palavras. Mas, com nome africano cartório põe areia, não é mesmo? E nós o que fazemos? Recuamos, ao invés de reivindicar o direito à identidade cultural. Você aí, que é o padrinho, eu percebo que está rindo de mim. Claro, você é branco. Um branco padrinho de preto. Mais um!

Cala a boca, Paulino! murmura Belmiro, avançando.

Joana, imóvel, teme pelo irmão. Antevê uma desgraça. Dona Isaltina traz agora o rosto banhado de lágrimas. Tico se põe entre o pai e o irmão. Segura o genitor levemente. Olham-se nos olhos. Belmiro tem ódio nos pensamentos. Paulino, no entanto, continua:

E digo mais: enquanto nós negros continuarmos a ter padrinhos brancos...

Tico, sai da frente, filho. Eu preciso dar uma lição nesse moleque. Sai, Tico, ou eu não respondo por mim, salienta Belmiro, com as mãos trêmulas, olhos turvos e a voz vibrante.

Calma, pai. Eu vou dar um jeito nisso.

... que zombam dos nossos verdadeiros valores, nunca vamos ter dignidade. A nossa religião não vai iniciar nenhuma criança. A gente tá se destruindo!

Uma convidada retira-se para a cozinha, puxando os dois filhos. Demais convidados procuram também se afastar de Paulino para outros cantos da sala ampla ou outros cômodos.

Zuleica, com o rosto tenso, olhar determinado, entra.

Que barulheira é essa aqui?! Lá vem você de novo estragar a festa, rapaz!? Cala essa boca! Se quiser pôr nome africano, põe no ***teu*** *filho. Vai fazer filho primeiro. Me larga, Tico! Agora eu não vou deixar passar. Esse teu irmão tá pensando o quê? Tá pensando o quê*, dirige-se a Paulino aos berros, *hein, macaco de óculos?*

Você pra mim não passa de uma mulata do Sargentelli.

Eu vou te mostrar, seu pedante de meia tigela...

Mágoas passadas acionam o impulso de Zuleica. É bonita e se orgulha de ter conseguido um perfeito alisamento dos cabelos. Desenvolvera o cacoete de jogá-los para trás. Adora dias de muito vento. Sentia um incômodo ao ver mulheres com seus cabelos naturais. A onda de cabelo black fustigara Zuleica na sua vaidade. Várias vezes expressara-se contra: *Eu, hein!... Usar cabelo picumã? Eu não!...* E foi uma frase semelhante o início da animosidade com o cunhado. Tendo entrado no quarto, sem ser percebido, ele escutou a conversa que ela mantinha com Joana. Intrometeu-se. Na discussão flecharam-se de ofensas. Restou mágoa, muita mágoa de ambos os lados. E a necessidade do revide que está se pondo em marcha.

Eu vou te mostrar, seu merda!

Zuleica arranca o sapato de salto. Investe contra Paulino. Tico segura-a pelo punho com dificuldade. Belmiro avança. Caem juntos, sobre a mesinha de centro, pai e filho adversários. Joana abre a boca no mundo. A mãe:

Acuda, minha Nossa Senhora Aparecida! grita e coloca as mãos na cabeça, em pranto convulsivo. Convidados trombam-se na porta. Berreiro da criançada. A televisão cai da estante...

Luizinho, de barriguinha cheia, dorme no quarto e sorri com a sensação do cocô quentinho indo manchar o lençol sobre o qual fora deixado inteiramente nu.

A vizinhança solta a imaginação e chama a polícia, que chega bem depois do "deixa-disso" ter colocado os móveis no lugar e as pessoas no juízo.

No congelador, quatro garrafas de champanhe francês legítimo aguardam o desenrolar da festa.

VIDA EM DÍVIDA

Vais morrer, negrinho!

Num te fiz nada. Tô pagando o cigarro, num tô?

Com o dinheiro que me roubaste ontem, malandro! Pensas que não sei?

Não fui eu.

Vais dizer que foi a minha mãe, então? A hora que eu saí pra ver o incêndio na Dona Rosane, estavas na esquina, não estavas?

Mas não roubei nada.

Já é a segunda vez que me aprontas, moleque! Vou mandar te dar um jeito, pode deixar... Pois não, Dona Maria?... E o comerciante passa a atender uma freguesa.

Paulo Roberto pega o troco com as mãos trêmulas. Um dos empregados da padaria olha-o e sorri, camuflando os dentes. O garoto abaixa os olhos e sai. Sente um frio por dentro, apesar do verão de 40 graus. Aliás, o olhar do homem atrás da máquina registradora fora profundamente sinistro. Não era o Seu Manoel de todo dia. Inquieto, o garoto vai pelos cantos da rua, na tentativa de encontrar o abraço de alguma sombra. Mas, ao meio-dia, é demasiada a magreza das sombras.

Filhos de rato! Fodo-os! Só servem pra pedir. Ou então roubar. Fodo-os! Vão roubar o diabo, se quiserem! Com esses pensamentos, Seu Manoel fecha o estabelecimento bem mais cedo, desculpando-se dos que tardam no aperitivo. Precisa tratar de negócios.

Aonde 'cê vai, Paulinho? pergunta a pequena.

Quando a mãe chegar, fala pra ela que eu fui ver um serviço lá na cidade. Só volto amanhã.

Mas, eu vou ficar sozinha de novo?

Daqui a pouco o Léo chega da escola. Fica brincando aí. Lá em cima da mesa tem pão e manteiga. Olha, esse chiclete eu comprei pra você. Mas não é pra sair, tá bom? Entendeu, Telminha? Quando a mãe chegar, você fala assim que eu deixei um negócio na mala dela, tá? Não esquece.

Ah, mas eu vou ficar sozinha?... choraminga a irmã, tentando, com a força de seus quatro anos, convencer Paulo Roberto a não abandoná-la.

Eu trago um presente pra você.

Você nem tem dinheiro.

Tenho sim, responde e tira algumas notas do bolso.

Mas é pouco.

Eu vou ganhar mais.

Vai nada.

Vou sim, responde o garoto e fecha a porta do casebre com um fio de arame enrolado num prego fixo, bem acima da altura da irmã. E sai, seus magros 14 anos suportando emoções de temor. Tem de partir para não mais voltar. Mas, mandará dinheiro. Como um homem, desses que viajam sempre. Está consciente do perigo rondando. Não faz uma semana que seu colega Demerval foi assassinado com vários tiros. Um mês antes, a vizinha fora morta a facadas pelo marido. A vila anda violenta. E, apesar das preocupações da mãe, Paulo Roberto está convicto: precisa se afastar da região. Sai convencido também de suas responsabilidades. É o mais velho dos três filhos. Gosta de sentir-se o homem da casa, já que o pai sumiu desde o nascimento da irmã. Mas, sentir-se homem implica em conseguir dinheiro, o que é difícil. O dia de ontem foi rentável, mas trouxe o perigo, acompanhado do frio por dentro. Vai atrás da turma do Bebeto, na Praça da Sé. É sexta-feira e pode conseguir alguns doces para vender no fim de semana em portas de cinemas, teatros, campos de futebol, junto a semáforos e outros pontos. Onde andará o Padre Batista, que tanto protegia a molecada, sobretudo os que queriam trabalho? Lembra que o religioso estivera muito doente. Um medo repentino impede-o de respirar por um instante. Cinco da tarde. Retoma o fôlego. Tenta fumar, em busca da coragem. Mas advém a antiga tosse.

Seu Manoel sua sob o lençol. A noite parece não ter fim. Ainda havia insistido:

Não tem tanta pressa.

Mas o outro:

Vai ser é hoje mesmo. Amanhã já pode ser tarde. 'Tô mesmo sem outro serviço...!

O homem falava e mantinha os olhos ameaçadores. Receberia no dia seguinte. O comerciante temeu:

Não, homem! Podem desconfiar. Toma lá. Adianto a metade. A outra parte pegas depois de uma semana. Combinado?

O sujeito apenas riu, guardando o dinheiro no bolso. Depois, fechou a cara e acendeu um cigarro, fedido que só, prendeu a fumaça com esforço para, em seguida, soltá-la entre os dentes, satisfeito.

Todos os detalhes do "serviço" rodopiam na mente de Seu Manoel. Duas horas da madrugada e nada de vir o sono. Às três, ouve a gritaria e os tiros ao longe. São vários estampidos. Treme, sua mais e cobre-se até a cabeça. A mulher acorda.

Estais tremendo como vara verde, homem!?

A gripe me pegou.

Espera lá que te vou arrumar um remédio... Ai, meu Jesus! A favela já está em confusão de novo, diz a mulher, caminhando no escuro até a cozinha. Chá de hortelã e uns comprimidos colocarão o marido em forma.

Um automóvel passa cantando os pneus. O tumulto à distância diminui. Após tomar o preparado, o padeiro cai em sono profundo. Desperta com um pesadelo no encalço. 5 horas. Troveja. Está atrasado para o trabalho.

Neste dia, o comentário é um só: o crime. E, quando dona Teresa, a mais faladeira do bairro, chega sacudindo o guarda-chuva e se queixando do mau tempo, que esta não é hora de chover, o mundo anda virado, Seu Manoel já queimou a mão no forno, errou no troco, discutiu com o copeiro e deixou cair dois copos. A mulher puxa conversa:

Seu Mané, essa noite a coisa foi feia na favela. Mataram o Leozinho, o filho mais novo da Lucinda...

Já ouvi um milhão de vezes essa história. Diga lá quantos pães queres que eu tenho muito trabalho! corta o assunto.

A mulher não gosta da censura:

Dormiu em cama de prego essa noite? Mas, garanto que não entraram na tua casa, nem mataram teu filho com tiro na cabeça, não é?

O comerciante impacienta-se e pede para o empregado da copa atender a mulher, que não deixa por menos:

Teu patrão parece que tem culpa no cartório, Geilson.

Que isso, Dona Teresa! Ele tá é com um resfriado forte.

Seu Manoel assoa o nariz.

No dia seguinte, o Jornal do Crime anuncia: ***Garoto morre com chumbo grosso na cabeça. O menor, L.R.S., de 11 anos, morreu assassinado na madrugada de ontem, quando um indivíduo de cor branca invadiu seu barraco e fez vários disparos. A polícia suspeita de ajuste de contas entre quadrilhas ou possível envolvimento amoroso da mãe do menor, Lucinda R. dos Santos, com o assassino que se evadiu do local. Moradores da Vila Ré estão assustados com o aumento da violência.***

Sem que termine o prazo para o pagamento da segunda parcela, o dono da padaria cerra a porta antes do habitual, dispensa os empregados, embriaga-se e sai. Quando chega ao local combinado, bate palmas. É um barraco em terreno baldio.

Entra! vem a ordem.

Seu Manoel obedece. Depara-se com uma mulher que, pelos trajes, destoa com o ambiente.

Quero falar com o Sinistro.

É pra entregar o pacote pra mim.

Que pacote que nada!

Você não é o cara da muamba?

Muamba uma ova! Eu vim aqui reclamar. Diga pra ele que ele matou o moleque errado. Que a segunda parte eu não vou pagar. Fez serviço porco. E tem que me devolver o dinheiro que eu já dei. Senão ponho a polícia no caso! desabafa e se afasta transtornado.

Uma semana depois. Os fregueses da Padaria Boa Primavera ficam sem pão. Quem caminha para outros estabelecimentos não deixa de ouvir a desgraça. Dona Teresa acende suas elucubrações e afia a língua:

Deus que me perdoe, mas deve ter sido vingança do outro filho da Lucinda. Nunca mais vi o moleque!?... Seu Manoel era tão bom!...

CÉLEBRE CONFIDÊNCIA

Dia chuvoso. O piso da biblioteca apresenta várias poças. Surge o ruído estranho. Os doze funcionários, a princípio, comentam e reclamam uns para os outros, na esperança de que o incômodo sonoro seja algo passageiro. Depois de uma hora de ruído, o fato é comunicado às chefias. Juntadas as preocupações, dão-se conta da ausência completa de consulentes. O dia já vai alto e os livros continuam sem uso nas estantes, em meio a uma poeira fina e o olhar preocupado de seus profissionais guardiães, mobilizados contra as goteiras, manipulando rodos, vassouras e cestos de lixo improvisados como baldes. E receosos em face do ruído.

A frequência sonora aumenta. Parece música, mas não é música. Contém um ritmo que, vez ou outra, se altera. E é contínuo o som. Nenhum silêncio entremeia-o.

Alguém propõe que seja consultado o eletricista de plantão. Vão chamá-lo em seu quartinho reservado, no fundo do prédio. À porta um aviso: "Saí. Volto logo." Aguardam. A espera torna-se insuportável quando o ruído passa a apresentar um gemido misturado com mastigação. E não é detectado. Em todo o canto da biblioteca apresenta-se com a mesma intensidade.

Uma pessoa tenta fazer contato telefônico com o Corpo de Bombeiros. É atendida com gentileza e com a promessa de que uma equipe está a caminho. O tempo passa com suas farpas de angústia e os bombeiros não aparecem. O ruído aumenta.

A diretora anuncia que, dado o insuportável da situação, todos os trabalhadores da instituição ficam dispensados do trabalho e devem deixar o local, sem alarde, pois estarão sendo tomadas as devidas providências. Mas, o anúncio relaxante dura pouco em seus efeitos e dá margem a um desespero generalizado. Todas as portas estão trancadas, inclusive as dos banheiros. As chaves desapareceram. Um homem – aliás, o único – vê-se na obrigação moral de tomar iniciativas. Tenta quebrar a vidraça estreita, emperrada como nunca o foi. Em vão. O vidro parece ter-se coberto com uma camada invisível de aço. Não obtendo o resultado esperado, ele resolve dedicar-se ao atendimento de senhoras que iniciam os desmaios, após constatarem que a linha telefônica estava fora de condições de uso. Emitia o mesmo som espalhado por todo lado.

As lâmpadas piscam em agonia e a escuridão se faz. Os que ainda mantêm um certo controle emocional, arregalam os olhos ao perceberem estranhos vultos luminosos aglomerando-se no espaço junto às estantes. Vestem-se de forma variadíssima. Escribas egípcios, gregos, romanos, homens de saias ou túnicas, mulheres com véus, lenços, chapéus. E vão surgindo médicos, juízes, soldados, guerreiros de todos os tempos, camponeses... Todos conversam. Suas origens são os livros. Deles saem como fumaça. Em seguida iluminam-se com um brilho amarelado e tomam forma humana, mantendo, contudo, sua característica diáfana. A biblioteca fica lotada. Os funcionários, reunidos num canto, estão todos travados em suas gargantas, os músculos petrificados. Assistem àquele aglomerado misterioso. O ruído revela-se na conversa em várias línguas. Uma Babel, porém calma. Quando os bibliotecários e auxiliares atinam, os vultos ocupam não apenas o chão, mas também as paredes e o teto. O mundo girando luminoso.

Súbito, um raio. Segue-se trovoada ensurdecedora e uma escuridão completa. Silêncio absoluto. Um tempo sem limites.

A luz retorna forte ao ambiente. Reina o vazio.
Os livros!? alguém grita em desespero.
Nas estantes, nenhum.
Abre-se uma porta. São os bombeiros.

SAÍDA

Jurandir precisa parar de beber, mãe!

Eu digo isso todo dia a ele. Mas, entra num ouvido e sai no outro.

Desse jeito vai acabar morrendo esturricado de tanta pinga!

Mas, o que eu vou fazer, Dorinha?

Leva ele em algum centro.

Já levei. Chegou lá o caboclo disse que ele precisava tomar banho com ervas. E você tomou? Nem ele! Chegou aqui, foi direto pra debaixo da pia, caçou a garrafa e tomou um porre que só vendo.

Por que a senhora não quebra essas porcarias? Ou então dá sumiço. Não deixa parar nenhuma cheia. Fala que o espírito bebeu.

Ah, minha filha... Falar é fácil. Você, como já se casou e está lá com seus problemas, não sabe o que eu passo aqui com esse teu irmão. E, vira e mexe, se queixa de dor no peito. Não sei que mal eu fiz a Deus. O único filho homem...

O que é que tem o filho homem? Homem aqui sou eu! E daí? Já tá todo mundo fofocando a minha vida, é?

Olha aí como ele chega. Está sentindo o bafo? É assim...

A filha evita encarar o irmão. Levanta-se e vai para a janela do casebre. Lembra de antigas brigas domésticas.

Contempla as crianças da vizinha, inteiramente envolvidas em seu jogo de bolinhas de gude no quintal de terra. Jurandir tem os olhos injetados. Sua. Mantem-se de pé, com dificuldade. Dora desperta-lhe um imenso ódio. A onda habitual de vingança levanta-se nas vagas do seu pensar. Vingança de quê? Não sabe. Seu desejo é o de sempre: agredi-la com violência. Contempla a roupa da irmã. **Roupa de madame...** diz consigo mesmo. E a inveja salta-lhe da boca:

A boneca já veio trazer esmola de novo?

A mãe toma as dores:

Se você trabalhasse, a Dorinha não precisava ajudar. Mas você não quer nada com o batente... E deve dar graças a Deus dela vir. Porque só com o meu dinheiro da pensão, que seu pai deixou, é que a gente não ia conseguir viver.

Ah, a senhora só sabe defender essa franga aí.

E vê se pára de provocar sua irmã. Vai dormir, vai! Vai curtir sua pinga na cama. Não fica enchendo os outros.

Jurandir internaliza as agressões. Fala para dentro, rumina: **filha da puta pensa o quê só porque tem dinheiro...o caralho! teu macaco não é o bom, não... tá pensando... negrinho veado veado mesmo bunda-mole bundeiro só porque tem carro pensa que vai tirar um sarro na minha cara e tu também pensa que eu não sei que tu chifra ele... piranha e veado eu não tenho dinheiro mas tenho moral pergunta no bairro quem é o Jura todo mundo sabe porra se foder eu bebo e pronto se foder... não fosse a velha que a velha estraga tudo... não fosse a velha faca faca faca faca faca faca eu não sou otário tô a fim de acabar contigo faca faca faca faca... aí manda o neguinho pular no meu peito quero ver...**

Sai do caminho, Jurandir. Não vê que eu quero fazer comida?

Não grita comigo! A senhora é mãe mas não é patroa. Não gosto de grito comigo. Num tô bêbado não!... articula com dificuldade as palavras e sai cambaleando para o quarto único, onde cai sobre um sofá precário e dorme, balbuciando palavrões.

Viu? diz a mãe. *É assim todo dia. Eu saio de manhã, ele fica dormindo. Quando volto, cansada de passar roupa na casa dos outros, ele esta aí, com os olhos pegando fogo e falando bobagem. Eu já ando cheia. Qualquer dia desses... Nem sei...*

Ele não quer saber de trabalhar mesmo?

Emprego hoje, você sabe, é aquela dificuldade pra achar. Ainda bebe. Aqui na favela tem um montão de homem sem ter o que fazer. Sol quente, ficam à toa. Só não sei onde é que arranjam dinheiro pra cachaça. Seu irmão já nem sai mais atrás de trabalho. Fica por aí com os outros. Um dia, veio com a boca que só vendo! Disse que caiu. Mas só pode ter sido briga. A boca parecia uma pipa de inchada, a camisa cheia de sangue.

Dora, com os olhos baixos e as mãos juntas como um casal de estranhos, comprime os pensamentos, tentando achar uma saída. Não há. Tudo aponta o caminho do sonho, da fantasia: loteria federal, milagre que curasse o irmão mais velho... Abandoná-lo à própria sorte era uma idéia ousada, porém cruel. A mãe não admitiria ser levada daquele lugar sem o filho. Amava-o, contudo. E Jurandir declinaria com mais rapidez rumo à sarjeta.

Iiiiii, minha filha, o gás foi acabar justinho agora!

A senhora não tem outro botijão?

E o seu irmão não vendeu? Me falou que roubaram. Mas, quando ele dormiu, fui ver nos bolsos dele e achei dinheiro. Pela metade, mas tinha. Até hoje jura que não vendeu. E pensa que me tapeia. Além de tudo é mentiroso.

Então, vamos tirar esse e mandar buscar um cheio. Eu dou o dinheiro. Pega!

Muito obrigado, filha.

Eu não vou dar o dinheiro do mês hoje porque o Alex ainda não recebeu. E o meu pagamento lá da loja, a senhora sabe, é tão pouco...

Ah, não se preocupa.

A mãe vai para o quarto.

Jurandir, acorda! Vai ali na venda buscar o gás que acabou. Acorda, Jurandir! Oh, meu Deus, que cachaça danada!

Deixa ele, mãe. Não tem nenhum vizinho?

É, eu vou ver se algum moleque pega pra mim, responde a velha, saindo para o sol.

Dora contempla o irmão imóvel, de bruços. Imóvel! Um pavor percorre-lhe a espinha, fazendo-a tremer.

Jurandir! chama com a voz sumida.

A imobilidade do outro emite uma resposta vazia. Silêncio de veludo, repleto de espinhos. Observa a respiração. Nenhuma. Sacode o irmão várias vezes, gritando-lhe o nome. Não, não é mais o irmão. Apenas um corpo quieto, à mercê das bactérias.

Dora, um inverno repentino. Duas lágrimas embaçam a cena. Depois desabam. Uma idéia salta: **Levo a mãe daqui. Para sempre. Meu Deus, ele pode estar vivo!** Sacode-o fortemente. Nada.

Pavor! A mãe vem voltando. Cantarola um antigo partido-alto, desses que deixam a gente de bem com a vida.

TOQUE-TE-ME-TOQUE

ABRE AS MÃOS. O QUE ESCAPA, POEIRA DOS POROS, VOA. A ALMA DE MARCELO.

O TEMPO TROPEÇA E CAI NA POÇA DE TUAS LÁGRIMAS. QUASE UM ANO DE JEJUM. AINDA MANTÉNS A CAPACIDADE DE GOZAR?

ALGO EM TUAS MÃOS DÁ VONTADE DE PRENDER. MAS, SABES, MILTON É ÁGUA. ESCORREGA. PASSA ENTRE OS DEDOS. LAVA E SE ESCOA SE O PERMITIRES.

ESPERA. TUAS MÃOS SUAM NAS PALMAS. ELE NÃO ATRASA. SABES DISSO. MEIA HORA FALTAM. POR QUE CHEGAR TÃO CEDO AO BAR? O CHOPE VAI ESQUENTAR SE NÃO BEBERES. GOTAS ESCORREM NO COPO PUXANDO RABICHOS. LINDO. A TARDE CAMBALEIA VERMELHA. A NOITE NEGACEIA. O PASSADO AMEAÇA SENTAR-SE À MESA. TENHA CALMA.

O primeiro gole:
Me deixa, Marcelo!

SIM, NÃO QUERES LEMBRAR. OUTRO GOLE? IMPOSSÍVEL ESQUECERES AQUELA FRASE:

Você é fria. Não sabe amar. Vá ver pornografia. Quem sabe, aprende.

Está bem, Marcelo. Vamos conversar.

MELHOR ASSIM. ESTE MORTO ESTÁ MUITO CARENTE. ELE SE APROXIMA COM SUA CARGA DE VAZIO. MAS NÃO TEMAS. AS ANSIEDADES ESTÃO PRESAS NAS ENTRANHAS.

Sempre amei todas as mulheres. Não me entende?

Entendo, Marcelo.

Então por que não me perdoa até hoje?

Não consigo. Já tentei, mas é impossível. Tenho orgulho.

Orgulho de possuir. Não sabe que eu não podia ser propriedade. Ninguém pode.

Não era mais honesto ter me dado o fora?

Eu não disse que desprezava todas as mulheres. E não eram todas. Eram algumas. Eu disse que as amava. Quem ama não dá o fora no ser amado. Você foi a terceira da minha vida. Mas foi da minha VIDA.

Como é que eu podia admitir isso?

Amando.

Como?

Quando eu tinha carne e osso e dinheiro no bolso, você se perguntou, fez esse questionamento intimamente? Fez?

Não. Quando eu descobri...

Deixou o ciúme reinar, o ódio imperar. Eu não era uma coisa em suas mãos. Como amar um pássaro voando no céu? Era isso que você devia ter refletido.

Talvez... E agora, como eu posso reparar o dano? Diga. Eu não aguento mais...

Peça mais um chope. Quem sabe a minha presença vazia não a incomode tanto...

Está bem. Vou pedir. Mas vou pedir dois chopes.

Só porque eu não posso beber mais?

Ainda sente vontade?

Apenas de beber o seu perdão.

NÃO TE IRRITES COM ELE. PEDE OS DOIS CHOPES. ELE ENTENDERÁ. E SÊ MAIS PACIENTE. QUEM SABE CONSIGAS TER UMA NOITE ATÉ MESMO AGRADÁVEL.

Garçon! Por favor, dois chopes.

...?

Não. Traga os dois juntos. Um com 'colarinho' e o outro sem.

Você ainda lembra detalhes...

Claro que lembro. O 'colarinho' era questão de honra, não era?

Bobagem.

Mesmo assim. Era um traço que em você eu gostava muito, esse amor pela espuma...

Gostava...

O que posso dizer? Você está morto. Sofreu o acidente, bateu a cabeça, ficou em coma... Esqueceu? Morto perde a memória?

Não. Mas vira passado. E, então, por que não me perdoa e admite que amei você até o fim?

Não precisa gritar, Marcelo.

Ninguém me ouve.

Eu ouço.

Pode deixar de ouvir quando quiser.

Eu gostaria de ter deixado há muito tempo. Só que alguma coisa muito forte impede. Você pode me ajudar?

É esse orgulho! Puro orgulho e puritanismo. E sabe o que mais? Inveja! Você só namorou babaca. Garanto que nem chegaram a te dar um só orgasmo. Lembra do Nestor, do Vítor, do Otávio? Pareciam feitos de cera. Eles tinham tesão por acaso? Foderam com você? Foderam?

O garçom se aproxima.

Obrigada! Você me traz um Free, por favor. Não tem?
...?
Está bem. Pode ser este mesmo.

Você está fumando muito.

Pra ficar carregando defunto boca suja o tempo todo, só fumando, bebendo...

Vai tomar droga pesada também? Hein? E depois eu que vou ser o culpado? Não sabe que morto não tem culpa?

Se não tivesse, você não estava aí com essa conversa que me dá nos nervos. Vive me perturbando... Inclusive quando eu menos desejo lembrar que você existiu.

Eu "vivo" perturbando... É engraçada a sua linguagem. Mas é terrível a sua dureza. Quando eu falo em culpa, é à culpa adicional que me refiro. Não a isso a que você me submete. Só há culpa real quando não há perdão. Só a persigo neste curto período por causa disso.

Os sentimentos, os sentimentos, os sentimentos... Você é capaz de supor o que eu senti naquela noite, Marcelo?

Por essa razão eu estou aqui. Eu sei e já disse.

Só me acusou. Como se eu gostasse de viver tomando chope com você, depois de nove meses do seu enterro.

Aliás, você já bebeu o seu. Está se tornando alcoólatra. Vai beber o meu também, com a mesma pressa?

Antes preciso falar alguma coisa a você. Algo que, talvez, por medo, eu deixei de dizer. Isso é, se você não ficar me interrompendo como sempre fez e faz.

Vai me perdoar depois? Vai?

Não sei. É difícil tocar nisso. É muito difícil. Você precisa ficar em total silêncio até eu terminar. Depois, se resolver gritar para me torturar de novo, pode. Aceitarei todos os seus protestos. Você concorda? Não vai me interromper? Diga pelo menos "sim". Não quero e nem posso ser interrompida.

Sim.

NÃO TERGIVERSA. DIZ TUDO A ELE. É PRECISO CORAGEM. NÃO TERÁS A MESMA OPORTUNIDADE. OS MORTOS NÃO TÊM MAIS NADA A PERDER. SÓ PODEM GANHAR.

Sabe, Marcelo... Naquela noite...

VAI EM FRENTE. TUDO JÁ PASSOU. É SÓ LIMPAR ISSO QUE VIROU SUJEIRA. CONTINUA.

Troveja. As pessoas, na calçada, agitam-se. Os automóveis ganham maior aceleração. Escuros gigantes, em luta corporal, povoam o céu. Os relâmpagos tornam-se cada vez mais visíveis.

Quem visse aquela jovem diante dos dois copos de chope, certamente concluiria que ela bebeu demais ou ingeriu alguma droga. Completamente vazio de outros fregueses, o quadro torna-se singular. Vestida de branco, entre as mesas vermelhas, lembra um manequim, tão absorta se encontra. Não será atingida pela chuva que vier. O dono do estabelecimento já saiu de seus afazeres internos e, com a ajuda do garçom, puxou o toldo que isola da rua o grande galpão coberto por telhas de barro e vidro. A atenção dos dois dirige-se para o início da chuva. Têm os olhos fixos no vão de entrada e saída do ambiente. A moça prossegue em seu mundo, indiferente à hora e ao céu ameaçador.

Eu pensei que ia conseguir saltar. Faria vocês dois felizes ou culpados para sempre. Bem... Pra você... Pra você que já morreu, só resta saber... Agora até entendo aquela sua história de não querer casar, casamento era bobagem... Não é fácil perdoar você, se ao mesmo tempo eu não perdoar Suzy. Espantou-se? Não, não fui fazer pesquisa para saber o nome da tal moça. Escute bem, Marcelo. Antes, muito antes de vocês dois subirem naquela cama em busca de prazer, nós tínhamos vivido muitos orgasmos em outras tantas camas. Nós, digo, eu e Suzy. Calma! Você prometeu não falar. Não é mentira. Ela era muito melhor que você. A ausência de uma haste nunca impediu uma mulher de chegar ao prazer com outra mulher. E mais, eu a amava profundamente. Mas me traiu. Vocês me traíram! Depois que ela foi para o manicômio... É, está louca, completamente louca! Nunca mais a vi. Nem vou ver. Só tenho notícias. Eu quis me matar para me vingar de vocês dois, ao mesmo tempo. Brancos nojentos! Por que você não me deixou saltar do prédio? Por quê? Eu que devia ter morrido e vocês ficarem com a culpa.

A chuva desaba. O copo cheio trinca várias vezes. Parte-se por fim. O líquido amarelo escorre em direção à moça. Um jovem negro, com as roupas um pouco molhadas, adentra o restaurante. Vai em direção a ela.

Sueli! O que houve?

ENXUGA AS LÁGRIMAS. INVENTA QUALQUER DESCULPA. TUDO ESTÁ BEM AGORA.

Oi, Milton! É que... Bem...

Cuidado! O chope vai te molhar o vestido.

Sueli ergue-se. Acolhe-se nos braços do rapaz e, por fim, nos lábios. O chope derrama no chão, ferve sobre a cerâmica e evapora-se.

O NEGRINHO

A noite chegou em um bafo quente, após pancada de chuva. Uma lua no céu parecia rir. Nenhuma vontade de beber. Nem conversar. Estávamos ali no Bar do Jota. Éramos quatro. Mais ou menos há uns seis meses que nenhum via a cara do outro. Na lembrança só o bate-boca, as brigas. Não fosse o Adonias, certamente não seria possível uma aproximação entre nós. Era esperar que ele chegasse com o tio e ir lá no clube dos velhos em Jundiaí. Sabíamos daquela tentativa de recomposição, só que ninguém queria se comprometer com ela. Ali, nós, jogando conversa fora. Futebol, o tempo, será que o Adonias vai demorar, eis que passa uma mulher, todo mundo olha e comenta. Assim, cada qual se esquivando como podia do passado que nos ligava. Para todo efeito, íamos apenas a um baile naquela cidade. E só. Mantínhamos a parede de orgulho, vaidade, mágoa e frustração. Por isso as palavras iam, zanzavam feito cachorro louco e espumavam aquela cerveja mal gelada.

E Adonias demorava... Eu sabia que a mulher dele não andava muito bem com aquela gravidez. E ele, marinheiro de primeira viagem, vivia todo prosa e cheio de cuidados. Certamente alguma coisa tinha complicado, pensei. Mas aquela ausência ia ficando difícil. Quatro sujeitos sem saber o que dizer, evitando um assunto que, se viesse à baila, na certa ia dar confusão. Depois, um silêncio estufado. Tensos todos. Afinal, tanto tempo trabalhando junto, um ideal comum, confiança mútua e depois a desistência, a rixa e o irremediável fim do nosso sacrifício de tanto tempo: o Negrinho.

No auge não faltava gente. O salão cheio e o clube sendo assunto e vibração nas conversas. Samba no pé, blues, jazz, funk, soul, reggae, rap... Todo fim de semana. Quem chegava pela primeira vez acabava logo curtindo o Negrinho e se tornando sócio. Eram os quitutes da Vovó Quitéria, a sensibilidade musical de Marquinho Turrão, dono do som, e a diretoria muito coesa e identificada com o anseio da rapaziada.

Compramos a sede. Ampliamos as instalações. O salão ficou maior, com capacidade para duas mil pessoas dançando. Mas, não demorou nada, a vizinhança começou a se sentir incomodada. Inventava histórias e chamava a polícia. A partir da terceira vez que a viatura encostou, tivemos que tirar alvará, não só para os bailes, mas também para toda e qualquer reunião com som ambiente. Foi em uma terça. Só havia esportes: ping-pong, pimbolim, um mestre que dava aula de capoeira... Mas chegaram, foram entrando com uma conversa de "perturbação da ordem pública" e deram a dura na gente. Veio a obrigatoriedade. Passou um tempinho, a aporrinhação continuou. Procuravam um marginal chamado Tremendão. Ninguém sabia quem era o sujeito. E, em dias de baile, os guardas ou os tiras agiam assim: chegavam já de armas em punho. Entravam. Faziam parar a música e:

Vamos levantando os braços. Mão na parede!

Apalpavam alguns, davam uma geral, exigiam depois o alvará, desculpavam-se e saíam. A rapaziada resmungava, mas logo vinha o balanço. Todo mundo relaxava e reequilibrava o astral.

Até que um dia o desfecho foi outro. Havia chegado lá um nego-véio da capital. Veio a Porto Esperança para incentivar a gente. Devíamos, segundo ele, conscientizar os frequentadores do clube. Dizia que só baile não levava a nada.

Outras coisas eram necessárias. Sugeriu que fizéssemos um grupo de teatro e um jornalzinho a fim de levar uma mensagem de fé e confiança de que nosso povo sempre foi carente. Falou de sua experiência em associações, das dificuldades de se manter um espaço como o nosso. A conversa estava muito alegre e produtiva, quando os caras chegaram. De novo procuravam o "Tremendão". O patrício "virou bicho" e mandou que baixassem as armas, pois ninguém ali era bandido. Alertou, em voz alta, sobre a invasão de domicílio. Um dos guardas teimou, retrucando:

Isso é desacato à autoridade. Você está preso!

No mesmo instante, o "tio" meteu a mão no bolso, tirou um documento e só faltou esfregar na cara do policial. Aí, o fulano perdeu o rebolado, bateu continência, pediu desculpas, tentou driblar o vexame. Ficou até meio gago. Por fim, depois de se justificar ao major, saiu de fininho junto com os outros, todos fardados. E o rabo entre as pernas. O major foi com eles até a viatura, passou um sabão em cada um, inclusive no motorista que ficara ao volante, anotou os nomes, número da placa do veículo e dispensou os tais.

Desde aquele incidente, a polícia não chegou mais com aquela violência e arrogância. Os guardas ficavam rondando. Passavam inúmeras vezes pelo lado de fora, na viatura e mesmo a pé. Apesar, o que foi uma pena, do major não ter mais visitado a gente.

A exigência do alvará continuou. Quem chegava era um dito fiscal, acompanhado de um investigador. Se não tivéssemos o documento (complicado como não devia, pelas demoras e atrasos com que o emitiam), o baile era encerrado, ou mesmo qualquer outra atividade com mais de vinte pessoas e som ambiente. Na época não percebemos, mas a presença daqueles dois havia começado a partir do momento em que passamos a emitir mensagens pelo microfone: **Viva Zumbi!... 20 de novembro, o Dia Nacional da Consciência Negra...Negro é o esteio do país... Somos mais da metade da população brasileira...** e outras expressões semelhantes.

Para a diretoria era difícil, além de outras tarefas, controlar uma turminha que gostava de curtir um baseado justamente no meio do baile. O cheiro foi a desculpa para novas blitze. Inúmeras vezes houve a interrupção. Em certas ocasiões tivemos que sair na porrada com a turminha da fumaça. Mas, o próprio grupo dirigente ficava dividido nesta questão. Uns achavam que devia apenas ser pedido moderação. Outros, como eu, pensavam diferente. Maconha devia ser curtida fora do Negrinho. Chamavam a gente de caretas, quadrados e até reacionários. O assunto era um fator de quizila entre nós.

Em uma noite de 13 de maio, fizemos a nossa "Festa da União", apesar de alguns discordarem daquela data. Aqueles eventos especiais solidarizavam bastante as pessoas. Houve até um fato inédito. A diretoria, toda ela, chegou no horário naquele dia. Alguém saiu com essa:

Deu epidemia "horariana" no pessoal do Negrinho!

Quem era viciado em atraso riu, sem jeito.

Quando o baile foi ficando bom, surgiu um branco estranho. O automóvel foi estacionado do outro lado da rua. Quem viu, já ficou de orelha em pé. Desceu o cidadão – terno, maleta de executivo, pisando em ovos. Na bilheteria, solicitou para falar com os diretores. Marildinha largou tudo e avisou quem encontrou pelo caminho. A gente foi atender o estranho na saleta de reuniões. Veio a "cascata", depois de uma série de argumentos baseados na lei, e sutis ameaças. Dinheiro por fora ou multa. Tudo se resumia nisso. Ou dávamos uma propina ou teríamos que pagar, judicialmente, uma vultosa quantia. Desconhecíamos a lei, sem dúvida. Mas, ninguém se deixou intimidar com aquela cobrança dos direitos autorais das músicas tocadas, incluindo bailes anteriores. Aquilo irritou a gente. Alguém abriu o leque:

Não vamos pagar e pronto! Quer multar, pode multar. Mas, antes vai levar uns tapas.

O sujeito reagiu com ofensa e acabou levando mesmo uns sopapos e foi posto para fora aos empurrões. Alguns minutos depois, chegou uma viatura com a sirene ligada. Não tivemos nem tempo de argumentar. O baile acabou ali. Toda a diretoria foi obrigada a ir prestar depoimento sobre a agressão. Dormimos no xadrez.

O sonho de ter um grande clube da raça foi perdendo o brilho. O Negrinho ia ficando mal visto. Os boatos cresciam. Houve até o de um assassinato no salão. Na verdade, apenas uma briga, com nariz quebrado, mas sem maiores consequências.

A polícia insistia em suas batidas. O pessoal se afastou, o caixa enfraqueceu. Fomos obrigados a vender o imóvel. Um dos diretores acabou rapinando o dinheiro. A mãe precisava fazer uma operação muito cara. Por fim, a mulher morreu e o dinheiro não voltou. Ficamos a zero mais dívidas. A amizade se afastou de vez da diretoria. As brigas tornaram-se constantes. Ausência de baile, aluguel atrasado, o dono pediu o imóvel. Fechamos. O Negrinho ficou pela rua, de casa em casa. Reuniões estéreis. Até que um dia morreu em uma esquina. Ofensas pessoais mútuas. Presidente e diretor social. Ele gritou, eu gritei mais ainda. Fim. Cada um tomou seu rumo. Éramos os últimos. Eu caminhava, esforçando-me para desprezar toda aquela vivência, quando ouvi:

O Negrinho acabou mesmo? perguntou-me João Sanduba. Era um vendedor de sanduíches. Fazia ponto em frente a sede nos dias de baile. Competia com os salgadinhos da Vovó, mas às vezes pagava o ingresso e ia dançar. Deixava o filho junto ao carrinho e só voltava ao final para comandar o pico nas vendas. Eu não o via há muito tempo. Desde o nosso despejo. Quando ele me fizera a pergunta, eu a sentira como afronta e respondera agressivamente.

E era exatamente o João Sanduba que, ali daquele bar, eu via atravessar o asfalto em nossa direção. Dei as costas. Na certa ia sair a mesma lamentação de querer ressuscitar o defunto. Pedi mais uma cerveja para o Jota e acendi um cigarro. Surpreendi-me quando ouvi:

Adonias, meu caro!... E o senhor?... Muito prazer! João de Souza, seu criado. Me chamam de Sanduba, sabe. Nunca liguei. Se o senhor preferir, não me incomodo. Até gosto.

Prefiro chamá-lo de Souza. Uma voz desconhecida encheu o ambiente.

Voltei-me. Na entrada, a confluência dos três. Adonias, muito sorridente, fez as apresentações. O tio, um senhor alto e elegante no seu terno azul-real, cabelos grisalhos, cor firme de pele, dirigia a todos nós um olhar de entusiasmo. Por seu lado, o vendedor de sanduíches não poupava felicidade em seu sorriso largo, cumprimentando todos nós. Senti um certo constrangimento. Eliodoro, Odair e Isidro, meus companheiros, juntaram-se a mim na forma tímida de sorrir. Nossa opacidade e incômodo reagia àquela luminosidade dos três. Depois de ter solicitado mais cerveja e uma água mineral para o sobrinho abstêmio, o velhão continuou. Tinha o dom.

Vamos, não apenas a uma bela festa. Vocês vão conhecer um clube dos poucos que existem no estado. Foi fundado em 1898. Eu mesmo nem tinha nascido. Mas, quando jovem, fiz muitos calos nas mãos. Carreguei bastante tijolo para construir a sede. Eu e muita gente. Meu pai me levou para lá pequeno ainda...

O Senhor Jair falou, falou durante um tempo impreciso, com uma convicção de admirar. Contou histórias de empenho de objetos pessoais, campanha de tijolos, mutirão para construir, lembrou pessoas mortas e, para arrematar:

Por isso, vocês que são jovens têm lá alguma coisa construída por nós. É pequeno, em vista dos grandes clubes, mas tem um pouquinho de conforto. E o conforto maior: é nosso! Pela luta que nós tivemos, eu sempre repito que é preciso ser audaz, minha gente! E agora, antes de terminar esta cerveja, vamos saudar mais um patricinho que acaba de chegar ao mundo.

Disse aquilo, levantou o copo, olhou para o sobrinho e riu gostosamente, ao que foi correspondido numa medida maior por todos.

Qual é o nome do garotão, Adonias? alguém perguntou, percebendo-lhe a intumescida alegria.

Bem, vai ser um nome africano. Por enquanto a gente ainda está escolhendo. Então, e Adonias abriu nossos diques emocionais, *vocês podem chamar meu filho de Negrinho*, concluiu, erguendo o copo de água mineral.

Todos brindamos o nascimento e uma renovada certeza florida entre nossos lábios.

Agora que eu sou apenas um membro do conselho consultivo, esta sala de reuniões, estes retratos nas paredes, com imagens de companheiros que já se foram, tudo isso me dá saudade. Saudade? Não. Um contentamento bem profundo de ter vivido aquela noite. Afinal, a juventude dança no salão e o Negrinho está quase sempre em festa, mesmo tendo idade para ser avô. Como eu.

DUPLA CULPA

Cândido matou o dono do bar com dois tiros na cabeça. Gota d'água: caderneta de conta fiada.

Mas que litro de vinho é esse que está anotado aqui, Seu Joaquim?

Oh, meu caralho! Sempre que vens pagare queres criar caso! Dest'jeito não t' vendo mais fiado. A partir de hoje acabou. Só a dinhairo.

Olha aqui, português, já ouvi essa lorota um bocado. Se quer vender, vende. Se não quer, enfia a tua mercadoria no rabo.

A expectativa arregala uma dezena de olhos. No termômetro da conversa as palavras ultrapassam a febre. Joaquim ferve:

Eu vou enfiar tudo é no rabo da tua mãe.

Vai à puta-que-te-pariu, que ninguém fala da minha mãe assim, seu filho da puta!

Pagas o que me deves, depois cai fora! Que eu já te chamo a polícia já.

Eu vou é te meter a mão na cara! Sai daí de dentro, ladrão! Quer me roubar. Nunca comprei vinho nenhum. Sai! Sai que eu vou te ensinar a não pôr a minha mãe no meio da conversa. Sai, veado! Corno!

Veja lá qu'estais a me deixar nervoso, macaco do caralho!

Se não sair eu vou aí te buscar!

O dono da padaria salta o balcão com uma enorme faca. Não tem chance. O outro já sacou o 32.

Cândido caiu no mundo.

Depois de tanto subir e descer de ônibus, caminhou por um bairro longe, desconhecido. O revólver na cintura. Coração esmurrando o peito e a imaginação torpedeando cenas de sofrimento futuro. Tinha passagem pela polícia. Quando o pegassem iam na certa "arrepiar" de porrada. Cenas passadas vinham gritar: **Cuidado!**

Olhar se encompridando para frente, para trás. Um carro da polícia vira a esquina. Descem guardas com metralhadoras e... Não. A rua está deserta. Precisa controlar a imaginação. São esses medos, esses pensamentos fortes querendo ser realidade. **Tenho de achar um lugar pra ficar, senão estou fodido. Me embocar no mato não dá pé. Se alguém vê!... Além disso, onde eu ia parar? Agora, pra todo efeito, sou um trabalhador qualquer, carteira assinada, vestido como gente. Porra, preciso saber que lugar é esse. Será que vai chover? Se chover, danou-se!**

Adiante, um bar. Risadas. Vai chegando. Três homens discutem futebol. Zombam uns dos outros.

Domingo, se o Peixe meter a botina, vai lá o Timão e faz gol de falta, ah.. ah... ah... Duas bolinhas na rede no primeiro tempo e mais uma no segundo.

Nada, rapaz! São Jorge vai cair da lua com dragão e tudo. Bem na boca da Baleia, tá legal!? Aí já viu, deixa que a moçada da Vila Belmiro dá de goleada, ah... ah... ah...

Marinho, bota mais duas Antártica. Mas, Romeu, que o teu timinho tá mal, tá... Até a Ponte Preta pescou Baleia!

Calma aí, meu chapa. 'Ce viu o jogo? Viu? O Santos jogou dez vezes mais que a Ponte. Aí, o que deu? Um pênalti roubado!

Ah, sai dessa!...

Conversa suspensa. Reparam aquele sujeito parado à porta do boteco, o espanto estampado no rosto. Cansaço bombeando a respiração. Na cintura percebia-se o volume da arma. Os homens desviaram os olhos.

Bebe aí, Cirão. Toma aí, Geraldo.

É, diz o último, *vou tomar essa aqui e vou jantar, senão daqui a pouco a mulher manda o moleque vir me encher o saco.*

Mudaram de assunto. Cândido dirigiu-se até o dono do bar e pediu:

Uma pinga e dois maços de Hollywood.

Foi servido. Ávido, bebeu em dois goles e:

Dá mais uma. Pode encher.

Os três fregueses pagaram suas contas e se retiraram, comentando baixo a presença estranha. Cândido, sentindo-se com coragem, perguntou:

Onde é que tem ônibus pro centro? Sabe? e atentou para a resposta trêmula do homem gordo e branco, bastante enrubescido atrás do balcão.

O senhor sobe aquela rua ali, quando chegar na igreja o senhor vira à direita que o senhor chega direitinho no ponto final do ônibus. Ele vai até a Praça da Bandeira.

Cândido agradeceu, pagou e saiu para a rua sem asfalto, sob o efeito da cachaça, fumando. Menos medo de polícia.

No ponto do ônibus, um fardado. Polícia Militar. O pensamento se pôs em guarda. Cândido disfarçou como pôde a arma na cintura, cobrindo-a com a camisa para fora da calça. A imaginação iniciou suas peripécias. **Vai ver que já descobriram. Devem estar fazendo o cerco.**

Os pés, chumbo sobre o chão, pensou em lançar fora o revólver. Um grito de sirene saiu da lembrança. Era o tempo dos bailes. Seus vinte anos seguia ao balanço da soul music. Participara de um grupo de dança premiado em alguns concursos. Num deles foi que levou, logo à saída, a primeira prensa da polícia.

Mão na cabeça todo mundo! Encostado no muro! gritavam os investigadores.

Houve a revista. Cândido tremeu quando um tira colocou a mão no bolso esquerdo da sua calça e dele tirou um pacau de maconha, que ali nunca estivera antes. Um peso violento sobre a nuca, um puxão pelo colarinho. Foi arremessado contra a viatura.

Fumeta! Vai explicar onde conseguiu isso. Guarda o neguinho lá dentro!

Quis gritar: **Não tenho nada com isso. Nunca usei droga. Você que pôs no meu bolso...** Mas o grito não saiu. Assim, como tantos outros, ficou retido em um novelo de angústia bem dentro de si. Empurrado para o interior do veículo policial, sentiu a presença de outras pessoas no escuro, a respiração do medo e da dor. Foram três dias de cadeia, apesar da presença constante da família junto à delegacia. Foi torturado e presenciou de frente o sadismo dos policiais.

Agora, a situação passada parece vestir, com muita justeza, o seu presente. O fardado se mexe e levanta o braço, espreguiçando-se. O ônibus estaciona. Cândido é o primeiro a entrar. O policial segue-o, mas fica, contra a norma, acomodado num banco dianteiro, garantindo seu direito de não pagar passagem. A distância entre ambos – mais algumas pessoas se interpõem entre eles – deixa Cândido mais aliviado. O motorista fuma, conversa com o cobrador e, em seguida, coloca o veículo em movimento.

Quinze minutos por ruas tortuosas, o ônibus recebe dois jovens passageiros. Um pela entrada comum, dianteira, força o motorista a abrir a porta de trás, por onde o outro adentra. Apontam os revólveres:

Ninguém se mexe. Se mexer nós queima. Vamos todo mundo passando a grana.

O policial se avermelha com a afronta. No primeiro banco é desarmado rapidamente. O mesmo assaltante volta-se novamente para o motorista:

Sai daí, xará! Não banca o espertinho não, senão a gente vai te detonar. Lá pro meio! Todo mundo lá perto da catraca.

Golão, diz o outro, *você pescou um "meganha"...*

Cuidado com ele! diz e volta-se em direção a Cândido: *'Cê aí, negão, pode levantar! Se vai dar uma de marrudo, queimo já.*

Cândido levanta-se, indo em direção à roleta como os demais.

Espera aí, meu chapa! A grana! E me dá esse "berro" aqui também, malandro! e tira-lhe o revólver da cintura.

Ao todo seis pessoas. Todos homens, olhos saltados esperando o pior. Um dos bandidos diz em tom jocoso:

Pirulito, vê se o meganha tem algema na cintura.

Tem sim.

Então prende ele na roleta.

O outro, depois de ter pego todo o dinheiro do cobrador, cumpre a ordem. O policial, fera acuada, tem os olhos injetados de humilhação, ódio e medo.

Por fim, os ladrões saem como tinham entrado, armas sempre apontadas, bradando insultos e ameaças. A rua escura e despovoada é o cenário da desproteção dos passageiros. Já fora, os dois jovens atiram contra o pára-brisas do veículo e correm noite adentro. O medo havia enlaçado os assaltados. Todos se abaixam pensando novos tiros. O guarda vomita um palavrão. Cândido, depois de empurrar o motorista, sai em desabalada carreira. Alguém grita:

Pega! Pega! Pega!...

Intensa fuga. Perde-se de novo entre becos e ruas, subidas e descidas. Depois de atravessar o interior de uma favela, caminha por uma alameda iluminada, em bairro de classe média.

Uma sirene rasga o ar em sua direção. A luz do holofote projeta-se sobre ele. Quer correr, mas num ímpeto salta o muro de uma casa e cai sobre a relva com um tiro na nuca.

AVENIDAS

Quando entendi o futuro e nele plantei uma criança, com ela renasceu o menino que fui, estilingando o próximo, de olho na carambola da vizinha, fazendo troca-troca de sonhos e curiosidades sexuais e, sobre os galhos de uma árvore pelada, eu voltei a dirigir meu avião particular. O céu era baixo e eu inquiria os anjos. Sempre recebi protelação nas respostas. Quando as traziam, com o chamegão de Nosso Senhor, já não me importavam mais, pois eu acumulara outras tantas perguntas. Os querubins, muito solícitos, voltavam carregando minhas novas dúvidas ao Paraíso. Certa vez os confundi com passarinhos e acertei um deles, com uma pedra, bem na cabeça. Disse-me palavras ásperas do Apocalipse. Tremi nas bases e prometi emendar-me lendo mais a Bíblia. Assim que ele virou a bunda, abri meu gibizinho de sacanagem.

Os anos foram vindo com suas passadas de chumbo. Quando dei por mim, havia enormes sacolas de dúvidas adolescentes para carregar. Os anjinhos passaram a exigir frete em renúncias. Paguei honestamente, embora não entendesse de juros espirituais. Os adultos, que me cercavam com seus olhos empapuçados e a respiração de muitas léguas de caminhada, não puderam me ajudar nos cálculos intermináveis.

Vinha eu pensando em carambolas, ao mesmo tempo

preocupado com aquelas terríveis contas impingidas pelos agentes celestiais, quando um galo preto, numa esquina, me disse:

Vem cá!

Assustado, fui. Afinal, era um patrício estrebuchado no meio-fio. Perguntei ao me aproximar:

Que foi?

De pernas amarradas com fita preta e vermelha, o pescoço quebrado, a ave respondeu apenas:

Me leva até lá, apontando-me o cruzamento das duas grandes avenidas da minha vida, com um movimento dificultoso de uma asa partida.

Esperei por mais palavras. Nada. Em seu silêncio havia um corte muito profundo. Encobri o meu titubeio com um sorriso amarelo e verde. Olhei para os lados. Ninguém passava. E era meio-dia em ponto!... Naquele horário o rush não permitiria sequer ouvir o grito de uma vítima de meu trânsito emocional. Mas, tudo era deserto. Não estranhei tanto. A solidão é uma brisa que veio chegando aos poucos, trazendo luz.

Olhei mais detalhadamente o galináceo, na tentativa de escolher a maneira de erguê-lo sem comprometer mais ainda seu estado deplorável. Percebi que duas lágrimas redondas e muito brilhantes desceram-lhe pelo bico, lentamente, e depois rolaram inteiras para o chão, saíram saltitando no rumo do local solicitado, onde evaporaram-se. Pensei em minhas bolinhas de gude, claras como cristal. Esta lembrança encheu-me de ternura. Ficou mais fácil encontrar os cuidados necessários para levar o enfermo ao colo. Ele mantinha forte o calor da vida. Caminhei levemente até o ponto indicado. Coloquei-o mansamente no centro onde cruzavam-se as avenidas.

Ali, no asfalto, ele agonizou, agonizou, agonizou... Até que surgiram velas em torno de nós, cobrindo toda a extensão das duas vias. Entre as velas, cadáveres de anjos apodreciam e sobre eles brotavam margaridas. O galo cantou alto e forte, e foi-se levantando, sacudindo-se. Em suas penas adquiriu resplandecências vermelhas, azuis e amarelas. Depois de cantar pela terceira vez, abriu bem as asas, movimentando-as com exuberância, num vôo calmo e harmonioso, ao som de caixinha de música.

Eu, seguro em suas pernas, fui trazido para este lugar de paz, livre de anjos e nossos senhores. É o céu de mim mesmo que eu tanto desconhecia.

NÃO ERA UMA VEZ

Que humilhação! O sogro empresta o dinheiro, mas não deixa por menos:

Vê se não aparece só pra pedir. Só na hora do azar você lembra que tem sogro?!

Engole seco. Diz obrigado. Precisa de mais, porém não ousa insistir. Despede-se e sai em direção ao metrô. Os pensamentos retomam o caminho do ódio e toda a cena do assalto retorna. Três bandidos entram no coletivo e, apontando suas armas, gritam:

É um assalto!

Quem reagir, morre!

Vamos passando tudo: grana, relógio, carteira, correntinha... Tudo!

Levanta-se e responde no mesmo tom:

Aqui tem homem!

Saca a arma, matando os três assaltantes, cada qual com um tiro na cabeça.

Qual nada! O devaneio vem e vai, mas na realidade o herói teve medo, não reagiu e ficou sem nada. Não teve coragem nem de se mexer. O revólver em casa, enfurnado no guarda-roupas. Entregou o pagamento do mês. Não havia tirado uma nota sequer do envelope. E o relógio? Faltava ainda uma prestação!... Além de levarem, ainda machucaram-lhe o pulso.

Dá essa merda aqui, peão! dissera o sujeito, com a morte apontada para sua cabeça. E puxara, com violência, a pulseira de metal.

Observa a ferida cicatrizando. Que ódio! Sem notar, apalpa o Rossi na cintura. Ah, se estivesse com ele na ocasião!... Podia morrer, mas pelo menos dois iam com ele pro inferno. Inferno... Inferno era aquela vida dura. Trabalhar feito um condenado, sempre com medo de perder o emprego, e, por fim, ser assaltado no ônibus por uns filhos da puta a quem jamais fizera um mal qualquer. Nem conhecia. Se pegasse um puto daquele, metia bala.

Na noite, após o assalto, não conseguira dormir direito. Pesadelos invadiram-lhe a tentativa de descanso. Por duas vezes levantara-se com o 22 na mão.

Mexeram no trinco! Eu ouvi, Tânia. Fica aqui com as crianças. Não sai daqui.

Nada! Pura imaginação desencadeada pelo choque vivido na tarde anterior. A manhã chegou com sua rotina, trazendo um cansaço dobrado. Calou a humilhação no trabalho. Conjeturava: **E se souberem do ocorrido, que eu estou a zero?** Não. Não diria nada. Certamente iam fazer gozação. O ambiente de trabalho era hostil. No refeitório, qualquer assunto era motivo de disputa e menosprezo mútuo. E não fora uma simples discussão de futebol motivo de dois operários se atarracarem e, no final, um sair esfaqueado? Não diria mesmo nada. Apenas o silêncio empedrado deu indícios de que ele não estava bem. Só o encarregado se interessou pelo seu aborrecimento.

O que houve, Jorge? Tá chateado?

Não estou me sentindo bem do estômago, disfarçou, amargando toda a capacidade explosiva de seu drama.

O sogro, além da mulher, fora o único a saber. Mas viera com aquela conversa. Aproveitara a ocasião para repisar o pisado. Não fosse parente, metia um tiro na cara dele. Não... Idéia absurda aquela!... Coitado do sogro. Não tinha uma situação muito boa também. **Além do mais eu não tenho coragem pra matar ninguém**, pensa alto. Transeuntes olham-no.

Chega à estação. A plataforma está lotada. Consola-se por não necessitar diariamente daquele transporte. Sete da noite e a multidão se acotovela. Depois de muito empurra-empurra, consegue entrar no vagão. Por baixo do paletó surrado, confere, a todo instante, de maneira discreta, o revólver. Vai vendê-lo a um amigo. Ainda assim, terá um mês apertado. Algumas contas ficarão para o próximo pagamento. É o único objeto de valor de que dispõe para vender. Mas, hesita. A arma representa segurança. Houve assaltos no bairro... Não venderá. Pedirá algum dinheiro emprestado, deixando o revólver como garantia.

Após três estações, um impulso de rancor e violência arrasta-o. Vê um dos bandidos atravessando a roleta, no exato momento do sinal de partida. Salta para a porta automática. Fica prensado. Força. Consegue sair. Corre na plataforma entre pessoas e malas que se dirigem para o terminal rodoviário. Tem a arma na mão. Onde estará o homem? Pára depois da roleta. Funcionários do metrô olham-no assustados. **Vão chamar os seguranças**, pensa e guarda o 22. Vê o sujeito ao longe. Caminha rapidamente. Sai da estação Tietê. De novo a silhueta do homem foge de seus olhos. Perscruta. Localiza-o entrando num coletivo. Corre. Consegue entrar também.

O indivíduo, sem perceber a perseguição, com tranquilidade paga a passagem e vai, sustentando um pacote e uma sacola de supermercado. Ocupa um dos últimos bancos do coletivo, próximo a porta de saída. No canto. É um banco mais alto que os demais. Sobre a roda traseira direita. Uma senhora senta a seu lado. Jorge Nelson vacila antes de atravessar a roleta. O coletivo põe-se em movimento. Novos passageiros, subindo em outros pontos, impelem-no a ir para trás. Há um lugar do lado oposto. Também no canto. Teme sentar e perder o indivíduo de vista. Contudo, não pode ser notado. Pede licença a uma jovem. Senta-se. Tenso. Do outro lado, o homem parece tranquilo. É o mesmo que o assaltou? Recorda:

Dá essa merda aqui, peão!

Rumina**: Vou matar esse puto!** Alisa o cabo da arma. **Safado! Agora tá gastando o meu dinheiro suado. Deve estar com o bolso cheio... Minha grana e a dos outros**. Olha em volta. E se assaltasse o ônibus todo? Ia levantar um bom dinheiro. Aproveitava e dava um tiro no sujeito. Elas por elas! A idéia esquenta-lhe o rosto e repenica a circulação. Uma senhora idosa, procurando assento, estende os olhos até os fundos do coletivo e dá de encontro com os dele, que imediatamente pensa no insucesso da idéia. Não, ninguém tinha nada a ver com o caso. Só aquele indivíduo. **Também, nunca roubei! Não vou me sujar. O negócio é com ele.**

Há gente de pé no corredor. Tenta enxergar o homem. Não o vê. Pede licença à moça do seu lado. De pé, observa: **Cadê o cara?** O ônibus está parando. Empurra algumas pessoas, pois o sujeito já está nos degraus.

Vai descer!... sussurra para não ser notado.

Consegue. O outro parece não tê-lo visto ainda e caminha tranquilo. Jorge Nelson imagina-o caído em meio aos pacotes. Vários tiros nas costas. **Não, é melhor um só. Na cabeça. Assim dá tempo de fugir e o cara nem grita.** A fronte lateja. Sua frio. As axilas, duas esponjas encharcadas. Tráfego intenso nos dois sentidos da avenida. Calçada pouco movimentada. Luzes aconchegantes no dentro das casas acocoradas. O perseguido parece feliz. Dúvidas reproduzem no outro inúmeras imagens do assalto de que fora vítima. A vingança a ser concretizada tem no passado recente a sua justificativa. O crime alcança os últimos patamares de sua determinação. A distância garante um tiro certeiro. Jorge Nelson vai sacar a arma. O outro dobra uma esquina à direita. Rua íngreme e em curvas. Iluminação precária. Algumas meninas descalças descem cantando. Televisores parecem acesos em todas as moradias. Programas iguais repetem seus sons. **Melhor**, pensa, **assim ninguém vai ouvir o tiro. Será que não?...**

... Tragédia nas Filipinas. O furacão Sugi arrasa 10 aldeias, matando mais de 100 pessoas e deixando mais de 2.000 desabrigadas... ouve do interior de uma residência.

Encostado a um muro, debaixo de uma árvore, prepara o ataque sobre a sua presa, que parece ajeitar-se melhor com os pacotes, após uma pequena parada durante a passagem das meninas.

A crueldade coloca-lhe o revólver suavemente na mão. **Agora te mando pro inferno, filho da puta. Não vai assaltar mais ninguém.** Um prazer imenso envolve-o. Mentalmente seguro. Fisicamente forte, rijo. Aponta a arma. Faz mira. **Se errar, descarrego tudo.**

Outras crianças descem gritando:

Paiê!... Paiê!... Paiê!...

O revólver entra em ação: *clic! clic! clic!*

O outro percebe. Agacha-se, deixando cair o pacote e a sacola, e abraça fortemente as duas meninas. Jorge Nelson desce a ladeira feito um susto detonado. Ganha a avenida. Atravessa-a sem pensar no perigo. Caminha, caminha rápido, corre, a arma na cintura, o coração acelerado.

...e se o revólver tivesse bala? sangue o homem caindo no meio das crianças eu transformado em criminoso a firma ia ficar sabendo eu ia perder o emprego Tânia e as crianças meu Deus! e a polícia? a cadeia? não não matei ninguém ele me assaltou foi ele que me assaltou tenho provas... Que provas teria? Negara-se a ir com os demais passageiros dar queixa no distrito policial.

Não adianta nada. Polícia e ladrão é tudo farinha do mesmo saco, dissera na oportunidade e rumara para casa, amargando um profundo tédio.

Agora... Se a arma tivesse disparado? E se o sujeito o perseguir? Certamente o matará. Olha para trás. Ninguém. **Abraçou as filhas... Deviam ser filhas... Canalha! Com meu dinheiro... Era o mesmo? Só podia ser. Era ele mesmo. Desgraçado!** Ondas de angústia sobem e descem. A garganta aperta.

Os lábios secos. A rua escura dificulta o sentido do caminho. Já virou várias esquinas. **Onde estou, meu Deus? Que bairro é esse? E se tivesse bala? O cara ia cair morto no meio das crianças... E as balas? A Tânia tirou. Foi a Tânia...** Agradável lembrança da mulher... O que era aquilo que vinha atrás do pavor? Estava rindo, querendo ver o rosto de Tânia. Ela tirara as balas do revólver!... O barulho dos automóveis puxa-o para a realidade visual. Está de novo em uma avenida, outra avenida, que não conhece. Caminha. Um ponto de ônibus. Pessoas carregam cansaço. Olha-as. Seus olhos estão mortiços. **Elas também sofrem...** Respira fundo. Observa em volta. Ao longe. Estará sendo perseguido?

Moço, dá um trocado pra ajudar minha mãe!...

Um garoto magrinho estende-lhe a mão, fixando-o com um olhar de súplica.

Jorge Nelson, já dentro de um ônibus, a caminho de sua casa, não entende porque deu uma nota graúda ao garoto, que se foi feliz pela rua. E tenta compreender a razão de ter os olhos tão suavemente úmidos e quentes, enquanto uma leveza parece inundá-lo.

VITÓRIA DA NOITE

I

Maria Inês chegou ao clube diretamente de casa. Chegou balançando as chaves. Na porta, encontrou-o hesitante em face da escada tão alta. Ele estava há duas pingas e três cervejas.

Oh, professor! Há quanto tempo a gente não se vê!..

Ele sorriu, depois do beijo recebido nas faces, e acrescentou:

É, faz mesmo tempo. Como é que vai toda essa energia?

Vai bem. Muito bem, respondeu ela com um sorriso maroto. Tinha entendido a referência a seu físico, pela irônica expressão do outro. *Vamos subir?*

É, eu estava aqui esperando por uma musa de asas, riu. Maria Inês sentiu o bafo com um desagrado discreto e, segurando-lhe levemente o braço, foi subindo devagar. Ele não era mais moço.

No salão, várias pessoas. Visivelmente, a maioria negros, de diversos matizes epidérmicos. O professor Mendes Fontoura, autor de diversos livros sobre o "problema do negro" – como ele sempre dizia em suas palestras – foi muito bem saudado. Retribuiu diversos sorrisos e apertos de mãos. Sentia-se gratificado. Diante dele aqueles homens e mulheres provocavam, contudo, um incômodo, uma falta de jeito, um certo tremor nas pernas. Preferia o ambiente universitário, onde negro era puro conceito, submetido a seu bisturi analítico, o que lhe trazia certo prazer, sobretudo quando se tratava do flagelo dos escravos, a discriminação tripla da mulher negra e mulata e outros temas afins. Ia às minúcias, inclusive com boa dose de sensualidade. Mas ali, junto, misturado, a ginástica intelectual se ralava com a realidade. E, no lançamento do livro do poeta Ednardo Santos, tinha que dividir com este os louros. Era apenas o prefaciador, escolhido pelo seu talento de estudioso e sua aura de autor reconhecido, nacional e internacionalmente. Não que entendesse de literatura. Mas, sua posição como sociólogo dava-lhe a circunstância de especialista em generalidades. Como estivesse "alto", suas pernas vacilavam muito mais, o que foi percebido por Maria Inês ao subir com ele a escada.

De início, o impacto da receptividade tão calorosa injetou-lhe ânimo. Mas, a partir de certo momento, só o Vieira – um dos poetas de maior número de dedicatórias – não se cansava de bajulá-lo. Maria Inês fora buscar cerveja e parara no caminho, com os inúmeros reencontros que os lançamentos de livros propiciavam. Só, ele sentiu leve angústia subir-lhe até a garganta. Vieira também havia se afastado. Uma nuvem de abandono passou, mas logo foi dissipada. Alguém se aproximou:

Professor Mendes, como vai?

Oh, meu amigo, vamos tocando pra ver se o país não afunda de vez, respondeu ao militante do Grupo Negro Universidades Unidas que, tendo ainda fresca a leitura de um de seus livros sobre o preconceito de cor nas eleições, sentia-se importante ao dirigir-lhe a palavra.

A coisa está ruça, não é, professor?

Está americana, meu amigo. E branca, e sorriu condescendentemente, como alguém que distribui esmolas de consciência.

O jovem negro, pego no descuido, fez uma careta e foi direto ao assunto que o fizera aproximar-se daquele homem de ares filosóficos, apesar da embriaguês apimentar-lhe o rosto mulato, bastante desprovido de melanina:

Doutor Mendes...

Pode falar, meu filho.

É o seguinte: o senhor sabe que está chegando novembro... E o Grupo Universidades Unidas pretende realizar várias atividades próximas ao Dia Nacional da Consciência Negra, 20 de novembro. O professor começou a ser afetado pela veemência com que o rapaz passara a expressar-se. *E nesse sentido, além de uma manifestação que a gente pretende realizar com os africanos bolsistas, vamos fazer um ciclo de palestras. Já convidamos a historiadora negra, Beatriz do Nascimento, a psicóloga, também negra, Neuza Souza Santos e, para formar o time de alto nível, gostaríamos de contar com a sua presença. Será que é possível?*

O professor já havia viajado para o futuro. Voltara sem muito entusiasmo, com a vaidade ferida ao imaginar-se dividindo as atenções da programação com duas mulheres. E aquele adendo "negra", que o jovem acentuara tão firmemente, regia uma sinfonia de pequenas inquietações. E o rapaz continuou:

Ah, além disso, digo, além dessas pessoas já contactadas, estamos fazendo o possível para trazer o deputado federal Abdias do Nascimento.

Um afogueamento denunciou o espinho a mais nos incômodos do velho mestre. Aquele, sem dúvida, era um nome atravessado na garganta. Passaram-lhe pela antecâmara dos olhos as conquistas daquele militante. O status de deputado havia afrontado por vários dias os brios do professor Mendes, chegando a provocar-lhe um distúrbio hepático, após uma pequena rusga havida entre os dois. Aquela posição era o seu sonho, inúmeras vezes arquivado pelo acanhamento. Mas não no arquivo morto. Agora, a plataforma política negra, que vinha conquistando com suas publicações e palestras, parecia ter-se vestido de impossibilidade. Sentia-se velho para tanto empenho necessário a uma carreira política. Num ímpeto, provindo dessa luta interior, disse ao militante:

Claro, meu amigo! Você sabe que eu nunca fugi da luta. Arrancou uma pequena agenda do bolso. *Olha aqui: novembro. Vamos ver o dia 20. É dia 20, não é?*

É.

Então, olha aqui: já tenho um compromisso marcado. Olha aí, com a Universidade Federal do Ceará. Uma palestra sobre Zumbi. Bem, mas eles ficaram de me confirmar até o começo do mês que vem. Nós estamos ainda em setembro. Você me liga. Tem o meu telefone?

Não.

Então anota aí: 250-1599.

Dois, cinco, zero...?

Um, cinco, nove, nove. Certo?

Tudo bem, professor. Eu bato um fio, então.

Professor Mendes!..., interferiu o presidente do clube. *Gostaria muito de lhe apresentar o doutor Ezequiel Agdebola, da Nigéria. Doutor Ezequiel, este é o professor, doutor também*, e riu acanhadamente, *Mendes Fontoura, a luz do saber que ilumina o Lisboa Cultural Clube.*

Olavo Batista, o presidente, fez as apresentações e saiu muito solícito, procurando distanciar-se da conversa, temendo que ela fosse em inglês, língua da qual entendia patavina. O jovem das Universidades Unidas seguiu-lhe o caminho, um tanto intimidado com a presença do doutor africano. Mendes empertigou-se, contraiu o arquivo mental de seu inglês livresco, preparando-se. O africano ria, arregimentando seu vocabulário em português. Alguém tomou a palavra no pequeno salão, batendo palmas insistentemente:

Atenção, por favor! Atenção! Era o poeta Vieira, preparando os presentes para ouvi-lo. Não perdia oportunidade de exercitar seus anseios pelo mundo político. O lançamento estava concorrido. Um caso de racismo, num clube famoso da cidade, havia chegado aos jornais e sensibilizado as pessoas. O lançamento do livro **Vitória da Noite**, de Ednardo Santos, tornou-se um dos poucos afunilamentos para ecoar a frustração racial afro-brasileira advinda do fato. E o poeta Vieira, sempre de olho na vereança, não perdeu a oportunidade, iniciando o exercício de sua oratória:

Senhoras e senhores aqui reunidos neste auspicioso evento do nosso querido vate, Ednardo Santos, tão consciencioso de sua arte de poeta maior, e que nos cativa pela sua generosidade, candura e extrema abnegação dos propósitos vãos do mundo, na oportunidade em que sai a público mais este estupendo livro, venho congratular-me com a mais digna das artes, que é a poesia, e, também com o esforço da nossa comunidade afro-brasileira, nos desígnios a ela confiados pela luta de Zumbi dos Palmares, faço neste momento, com o consentimento dos senhores, um apelo às consciências sadias da nação brasileira, no sentido de repudiar, com firmeza, o ato discriminatório ocorrido nesta semana e que foi amplamente divulgado pela imprensa de nossa cidade, do qual foi vítima uma jovem estudante negra...

Foi interrompido por palmas, muitas palmas. Vieira sentiu-se brilhar. Tomou fôlego e continuou em busca de um clímax, usando toda sorte dc adjetivos inflamáveis. Depois de quinze minutos, quando chegou no ápice da comoção, uma senhora idosa, muito bem vestida e mal arrrumada em uma peruca, deixou escorrer uma lágrima. Realizado em seus propósitos e convicto de suas aptidões de orador, o poeta Vieira aguardou o término das calorosas palmas e passou a palavra ao prefaciador:

...o ilustríssimo professor doutor Mendes Fontoura, que se dignou, com sua sapiência exemplar, a prefaciar o livro do nosso insigne poeta.

Mendes Fontoura afastou-se do africano, a quem não dissera palavra. Foi breve no seu discurso, sem no entanto deixar de retribuir, com fina ironia, os elogios ao poeta-orador. Ao término, foi por este abraçado e dirigiu-se a uma mesa, onde encontrou Maria Inês, uma amiga e os encantos da cerveja. Rodadas de batida de coco corriam entre os presentes. O som de um atabaque foi abrindo um espaço. Era o Grupo Palmarinos que iniciava a sua roda de poemas. Um jovem magricelo, de cabelo bem crescido e penteado com esmero, tentava ensinar a música que faria o contraponto aos poemas a serem declamados de improviso ou lidos. Não obtinha sucesso. O discurso do poeta Vieira carregara as pessoas de forte comoção e uma certa impaciência de ouvir. O burburinho insistia em sua função de descontrair. Depois de algum tempo e gritos de "Silêncio! Silêncio!", a roda de poemas começou, para desconforto do autor da noite, Ednardo Santos. Apesar de ter cedido à proposta do grupo, ele não gostava muito daquilo. Achava ofensivos certos poemas veiculados naquelas ocasiões. Também o som de atabaques e chocalhos davam-lhe nos nervos, agrediam a sua formação musical erudita e sua religião protestante, ainda que, esta, um tanto frouxa e, aquela, descontraída pela bossa nova. Assim, abandonou a mesinha de autógrafos e foi ter com o autor do prefácio.

Oh, Ednardo, sente aqui. A coisa agora esquentou, hein? disse-lhe o professor com um sorriso alcoólico.

Pois é, professor Mendes, é a juventude! E o senhor, está bem aí?

Muito bem protegido.

Oh, Maria Inês!... Como vai?

É, Ednardo, agora ela está assumindo a identidade da raça. Não alisa mais o cabelo. Ficou melhor, não ficou? adiantou-se o mestre, fingindo um entusiasmo.

Maria Inês riu um pouco sem jeito.

É, eu também acho, concordou o poeta, voltando-se para a outra moça: *E você, como é mesmo seu nome?*

Célia.

Muito prazer, viu! É... eu acho que vou também ficar por aqui.

Ednardo, ali permaneceu, entre um autógrafo e outro para pessoas que o procuravam, pouco sensíveis aos esforços dos poetas que, no meio do círculo humano, davam de si para serem ouvidos.

Mendes Fontoura sentiu a hora de ir com a acentuação de sua embriaguês, acompanhada de devaneios eróticos.

Vocês me dão licença que eu preciso ir, disse com a voz um tanto amolengada.

Vou com o senhor até lá embaixo, prontificou-se Maria Inês.

Ainda é cedo, professor! Célia argumentou.

Não, querida. Tenho muito trabalho neste final de semana. E segunda-feira faço parte de uma banca examinadora.

Tese, doutor? perguntou Ednardo.

É. Aliás, você devia comparecer. É sobre Solano Trindade. Uma moça muito consciente a mestranda.

Negra? inquiriu Célia.

Não. Loiríssima. Mas, sabe, pela postura dela, nem parece que é filha de alemães. Progressista a moça!

É, infelizmente... Ednardo balbuciou uma desculpa por não poder comparecer, já entregue aos pensamentos e à pergunta que há anos o perseguia: **Por que certos brancos** (e incluía o professor Mendes) **intelectuais tanto defendem o negro?** Despediu-se e ficou recolhido na sua dúvida. Alguém o descobriu e foi solicitar autógrafo.

Ah, pois não! disse. *Qual é o seu nome?*

Berenice.

E o poeta escreveu: ***Para Berenice esta 'Vitória', com muito carinho de irmão e a certeza de que a 'Noite' nos agasalhará com a dedicação de mãe em seu colo repleto de estrelas***, e rabiscou assinatura e data. A moça leu e retribuiu, emocionada, com um beijo quente na face do autor.

Acordado daquela demonstração de carinho, percebeu Célia olhando-o com veneração. Maria Inês e o professor já desciam a escada.

Poxa vida!... Célia, o doutor Mendes se esqueceu do livro dele. Autografei em casa, com tanta dedicação...

Vai lá, disse a moça apreensiva. *Eles estão descendo. Com licença!*

E lá se foi o poeta atrás do mestre, mas foi retido no caminho.

II

No trajeto, por várias vezes, Mendes Fontoura teve impulso de acariciar as coxas de Maria Inês. Mas só a intenção executou a tarefa imaginária. Ele se mantinha seguro à porta e ao painel do automóvel, enquanto a moça lutava para chegar, arranhando a marcha, submetendo o veículo a solavancos, confundindo, às vezes, embreagem e freio.

O sorteio no consórcio surpreendera Maria Inês sem habilitação para dirigir. Através da influência do patrão, conseguira a carteira de motorista, mesmo não estando apta e com o mínimo de aulas de trânsito. Nem precisou do teste de balizas. O "jeitinho brasileiro" livrou-a de vexames. E naquela noite experimentava, pela primeira vez, usar o farol e enfrentar um trânsito diferente daquele de seu bairro. Ia levar o professor até em casa. Entretanto, no caminho, ele solicitou, discretamente, uma visita:

Bem, agora que você tem carro, fica mais fácil fazer uma visita a sua casa, disse e riu.

Maria Inês, embora ouvisse, não deu resposta. Ao volante, era inteiramente contração muscular, olhos bem abertos nos semáforos, nas ruas transversais, atenta à sincronia difícil de seus movimentos. Ao parar diante de um sinal fechado, respondeu, com certa sem-cerimônia:

Você quer tomar a "saideira" lá em casa, Fontoura? Eu posso virar aqui a Rua dos Malês e depois eu faço o balão na Praça Alencar e pegamos a Avenida 31 de Março. E, antes que o professor respondesse, ela já acionara o motor de arranque, obediente ao sinal verde, e seguiu o caminho da própria casa.

Maria Inês era solteira. Nos seus 44 anos aparentava menos, bem menos. Governanta de família tradicional, havia conseguido boas vantagens, dentre as quais residir fora do emprego alguns dias da semana, além de um salário razoável. O apartamento em que morava era pequeno, porém satisfatório para a inexpressividade de seus compromissos e móveis. Um dormitório, saleta, banheiro e uma cozinha, onde fogão, geladeira e pia davam-se cotoveladas. Depois de alugar o imóvel, sentiu maior autonomia em sua vida, apesar das alfinetadas de amigas invejosas e a baba intencional dos poucos homens seus conhecidos. O único livro de poemas, que publicara dez anos antes, trouxera-lhe admiradores, particularmente no Clube Lisboa. Fora também o motivo da maior aproximação entre ela e Mendes Fontoura. Mantinha uma vida vigilante, um perfil moral íntegro. Mas, como se relacionara sexualmente com uns poucos homens, era motivo de algum disse-que-disse. Naquele clube fazia seu lazer de fins de semana, quando os patrões viajavam. Era uma associação, fundada por um lisboeta negro na década de 60, cujo objetivo visava a aglutinação afro-brasileira em torno de bailes, festas do chope, excursões e outros divertimentos. Raras vezes era cedido o salão para eventos artísticos ou debates sobre problemas raciais. A diretoria temia toda sorte de contestação.

O primeiro contato de Maria Inês com o professor Mendes fora numa daquelas raras ocasiões. Admirou-o muito, simpatizou-se. Houve manifestação recíproca. Depois do livro, por ele muito aconselhado, ela permitiu-lhe certa intimidade no trato, das que não rompem paredes, mas permanecem sempre vivas.

A uma quadra de sua residência, ao invés de brecar, Maria Inês acelerou. Num instante a mão da sorte livrou-a de uma colisão. Após a cantada de pneus, veio o xingamento do outro motorista:

Sua nêga, filha da puta! Vai lavar roupa!

Maria Inês estacionou rente à guia, tremendo-se toda. O professor desceu como quem vai pegar gavião à unha. Gritou qualquer coisa, mas o outro automóvel já desaparecera em alta velocidade.

No elevador, Maria Inês apresentava sinais de descontrole. O professor continuava a sua argumentação, baseando-se na constituição de 1988.

É sério, Maria Inês. Era só a gente ter anotado a placa do carro e já dava. Íamos criar um caso com esse sujeito. Ele quase bate no seu carro e ainda vem com o racismo dele... Você estava na preferencial! Esse tipo de ofensa podia dar uma multa porque a lei reza..., e foi assim falando, como se tivesse recebido uma descarga elétrica que o despertara da bebedeira sonolenta.

Mesmo quando achava-se bem confortável sobre uma poltrona verde, o professor continuava sua preleção, no tom característico de suas palestras. Maria Inês apenas desculpava-se. Em seguida, abriu um armário de jacarandá, serviu-se de uma dose de uísque e colocou uma dose dupla para Mendes Fontoura. Serviu-o. Ele, saindo de seu eflúvio verbal, agradeceu. Olhou em redor. Veio o comentário:

Oh, Maria Inês, você tem muito bom gosto. Você, como governanta, pelo padrão de vida, está ganhando de muita gente com título universitário.

À lembrança de sua categoria profissional, a moça engoliu todo o conteúdo de seu copo, num só gole. Era a diferença! **Uma empregada doméstica e um professor famoso**, mão-de-pilão socou os pensamentos. Tentou disfarçar, mas uma escala invisível meteu-se no meio das palavras.

Sabe, "doutor" Mendes, eu acho que não... Não é tanto assim. O senhor vê, eu trabalho há muitos anos lá. E com alguma coisinha que papai deixou... Havia um embaraço para articular. Uma ligeira amargura secava a garganta. O professor interveio:

Querida, deixa desse negócio de doutor. Você sempre me trata de Fontoura!? Isso é lá pras coisas da universidade... O tom era paternalista. Sorveu a bebida, saboreando. Tossiu um pouco, ajeitou-se, acendeu uma cigarrilha.

Maria Inês desculpou-se, dizendo-se ainda abalada com o quase acidente. Pediu licença ao professor. Ia tomar um banho. Foi. O outro ficou envolto em fumaça e pensamentos. Forçou, de início, justificativas de si para si: **Sou um defensor da raça negra, um defensor inconteste. Não, não, não posso ser confundido com qualquer um. A intimidade é necessária. Nenhum, nenhum resquício de racismo. E no meu contato não há... não há... não ah...** (bocejou) **não há diferença de classe. Com a mulher negra só relacionamento autêntico...ah...** (bocejou). O esforço para acreditar naquelas idéias, associado à rebelde onda de ereção, levantou nele a culpa. Ingeriu o restante do uísque e deu violentas tragadas na cigarrilha. Em seguida, veio a tosse curta e, logo após, uma sonolência de pé leve distribuindo imagens sinuosas.

Ela, com uma calcinha vermelha sob pegnoir róseo, chegou flutuando num tapete de plumas. Os cabelos longos e esvoaçantes. Aproximou-se e alisou o enorme pênis de Fontoura. Já estando nua, dançou o Cravo Bem Temperado, de Bach, num exuberante estilo indiano. Sedosas contorções de curvas. No ambiente, todo à meia luz, aquela mulher se multiplicava em sombras excitantes que lambiam as paredes e móveis. De quando em vez, dele se aproximava, ungindo-lhe de carícias sussurrantes. A música acelerava-se no ritmo. A dançarina levitou e, levemente, foi descendo, aproximando a vagina em chamas do membro ereto. Uma explosão de vigor coroada pela sonoridade lenta dos sinos de uma igreja.

III

Depois que retornara ao salão, Ednardo deparou-se com o deputado federal Leonardo.

Meu jovem poeta! Eu vim a São Paulo excepcionalmente para o seu lançamento. O parlamentar abraçou-o, lembrando passarinhos de seu viveiro particular. E continuou: *Pois é, procurei você por aqui e ninguém sabia!?*

Pois é, está bem concorrido o lançamento...

Uma bela festa!

Um pouco difícil para conversar, com esta declamação toda...

Faz parte da força da raça. E você, pelo intelectual que tem sido, merece isso e muito mais.

Obrigado!

E o mestre Fontoura?

Acabou de sair. Até esqueceu o livro dele que eu autografei.

E por falar nisso, aqui está o meu. Faça o favor, disse e estendeu-lhe o exemplar junto a uma caneta dourada. Alguém declamava com voz forte:

Senhores,
Eu fui enviado ao mundo para protestar
Mentiras, ouropéis,
Nada, nada me fará calar...

Ednardo, cuja atenção fora raptada pela força do poema "Protesto", de Carlos Assumpção, tentava encontrar palavras para um autógrafo especial, ao mesmo tempo em que esforçava-se para ouvir o parlamentar. A declamadora gesticulava de forma viril, enfeitiçando os olhares enquanto suas palavras escavavam os ouvidos.

Antes que terminasse a excelentíssima dedicatória, o poeta foi puxado pela manga do paletó.

Ednardo, estão chamando você para declamar depois um poema.

Mas, eu não sei meus poemas de cor, Vieira, respondeu impacientemente.

Não faz mal, querido. Você lê. Várias pessoas já leram! E dirigindo-se ao deputado: *Vossa Excelência dá uma licencinha, não é mesmo, doutor?* ao que o político acedeu, com um sorriso de satisfação pelo título que lhe fora atribuído indevidamente.

Com o rosto pegando fogo, as mãos trêmulas, prensado pelos olhares, Ednardo entrou na roda de gente. Houve um rufar de atabaques, um xeque-xeque de chocalhos, um agitar de palmas. O coração um boxer, o peito o sparring, o poeta virou páginas. Queria achar um poema sobre o flagelo da escravidão, mas acabou lendo outro, sobre a história bíblica de Cam: ***O início trágico da raça...*** Leu, emocionou e saiu agredido pelos aplausos. O presidente abraçou-o efusivamente. Um fotógrafo, previamente preparado, fez reluzir o flash. O poeta foi de novo levado a um canto. Olavo Batista falou com delicadeza:

Santos, você é da casa e não vai se ofender, não é mesmo? Sabe, a gente está com um baile hoje, marcado para começar meia-noite. Já são dez e meia... Você sabe... Até às onze a gente segura as pontas, entende? É que temos de arrumar o salão...

Ah, não tem problema. Eu aviso já o pessoalzinho. E também, acho que o tempo foi o suficiente. Muito obrigado!

Não vai levar a mal, hein, Santos!

Não, imagine!... disse Ednardo, sob o alívio da perspectiva de terminar a festa. E saiu em busca dos Palmarinos, que prosseguiam a declamação e cantoria. Chamou ao lado uma poeta do grupo e cochichou o pedido de encerramento. Houve resistência, negociação. Afinal, a atividade estava no ponto alto. Contudo, não havia escolha. A poesia devia ceder lugar para a dança de salão.

Encerrada a roda de poemas, a lenga-lenga para sair. Despedidas prolongadas chegaram a dar nos nervos dos diretores do clube. Alguns destes foram pessoalmente apressando os presentes no caminho da saída. As luzes do ambiente piscaram algumas vezes.

Por fim, Santos recebeu o último tcháu. Já na calçada, Célia buscou os olhos do poeta que estavam perdidos na noite. Em vão. Renunciou e despediu-se muito chateada:

Você fica, eu vou, disse. Acenou a mão e saiu com um forte desejo de beijar.

Santos suspirou. Conseguira não ir com ninguém. Muitos tinham sido os convites. Parou um táxi e seguiu seu destino calculado.

Ao chegar, pagou a corrida, deixando substanciosa gorjeta ao motorista.

Meteu a mão no trinco do grande portão gradeado do edifício: trancado! Olhou pelas frestas. Na cabine envidraçada, o porteiro dormia um sono sereno. Santos desesperou-se com o deserto da rua às suas costas. Pensou voltar. A noite, **uma árvore de natal preta**. Em alta velocidade passou um automóvel. O poeta imaginou ladrões perseguidos. Inquietou-se com o dinheiro e cheques no bolso, resultado do lançamento, pois fora uma edição por ele financiada.

Alguém na esquina caminhando sem pressa. Ednardo fez soar a campanhia. O vigia despertou, susto nos olhos. Chegou à porta de vidro. Olhou e entreabriu-a, depois de observar as horas e analisar bem aquele homem que se empertigava.

O que é? perguntou num carregado sotaque nordestino.

Boa noite! Sou parente da Dona Maria Inês. Vim visitá-la, respondeu Ednardo, com certo capricho na pronúncia.

Boa noite! disse o outro que chegava. Era um morador.

Boa noite, doutor! respondeu o porteiro ao indivíduo que se aproximara depois. Disse e abriu o portão, através do controle interno. Os dois entraram. O outro foi direto para o elevador. Ednardo ficou para trás. O empregado ainda tinha dúvidas:

O senhor é parente dela, é?

O poeta balançou a cabeça, o rosto empedrado e olhar autoritário. O porteiro intimidou-se. Perguntou-lhe o nome. Ligou o interfone e avisou a moradora.

Pode subir. O senhor sabe o andar?

Sei, respondeu Ednardo seriamente e seguiu.

Na subida, suspirou aliviado. A imaginação havia desencadeado seus galopes. Sempre na defensiva. A discriminação podia saltar a qualquer momento naquele tipo de situação.

À porta do apartamento de Maria Inês, o poeta passou em revista os seus propósitos. Lembrou da frase que dissera certa vez:

A qualquer hora dessas faço uma surpresa pra você, uma visita inesperada, ao que Maria Inês respondera com grande receptividade.

Ali estava. Pensemocionava: **É uma bela mulher. Negra como eu gosto. Honesta, discreta.** Livre como ele não era, ligado estava à mãe repressora e à irmã adolescente, com responsabilidade de sustentá-las. Mas tudo se ajeitava. Seria pecado? Àquela hora fazer uma visita!... Afastou maus pensamentos. O Senhor o conduzira até ali, certamente. E, quando acionou o dlin-dlon, espantou-se ao ouvir também um sussurro.

Do outro lado da porta, Maria Inês sobressaltou-se com os dois sons. Após o banho havia desistido de dialogar com o professor que roncava. Tirou-lhe a cigarrilha dos dedos, apagou-a no cinzeiro e foi dormir em seu quarto. Depois da chamada da portaria, preferiu deixar Mendes Fontoura entregue aos sonhos. Mas ao ouvir aquele som tão estranho que ele emitia, ao mesmo tempo que o anúncio da chegada de Ednardo, ficou confusa. Num impulso, foi para onde o coração determinou. Abriu a porta.

Santos!

Como vai Maria Inês? Eu não disse que viria um dia?

Maria Inês abraçou-o, dizendo-lhe ao ouvido:

Pelo amor de Deus, não pense mal de mim. O professor saiu tão bêbado que eu resolvi trazer ele até aqui em casa...

Olhou-o nos olhos para sentir se sua verdade conseguira abrigo. Não pôde notar. O poeta perdia-se em pensamentos.

Entraram. Quando a moça trancou a porta, o professor despertou, com a boca aberta e o olhar turvo. Mas, um vulcão de aprumo colocou-o de pé.

Oh, Ednardo! atacou com a voz em veemência trêmula. *Você está aí, rapaz? É uma pena que eu já estou de saída. Andei me sentindo mal e Maria Inês me socorreu...* Tossiu, deu a mão para Maria Inês, balançou a cabeça ao poeta.

Doutor Mendes, o senhor vai sair a essa hora? Já passa da meia-noite.

Tomo um táxi, Maria Inês! Tomo um táxi, respondeu rispidamente.

Professor Mendes, o senhor se esqueceu do livro, salientou Ednardo, estendendo-lhe o volume autografado.

Sem agradecer, o mestre entrou no elevador com o **Vitória da Noite** no sovaco e a sensação do esperma escorrendo-lhe pela perna. Na descida, era motivo de deboche de outra Maria Inês que, atrás dos restos de sonho, trajava calcinha vermelha sobre um cinto de castidade.

AH, ESSES JOVENS BRANCOS DE TERNO E GRAVATA!

Foi ontem meio-dia, tá entendendo? Eu ia indo na minha caminhada, ali na Rua da Independência. Quando eu vi que os guarda tavam me seguindo, parei pra ter certeza que tinha saído com os dicumento, num sabe? Meti a mão no bolso e tirei. Tava tudinho ali: profissional, RG, CIC, o cacete!... Eles ficaram sem jeito. Passaram por mim. Num disseram nada. Sim, era dois. Isso! Tavam fardado e de cacetete, e revólver na cintura. Mas, como eu ia dizendo, eles se foram. Aí lembrei que precisava pagar uma conta no Banco Suor do Povo, que fica justamente naquela rua. Fui. Caminhei um tanto e cheguei lá. Vixe! Tinha u'a fila comprida que nem lombriga de criança. Fazê o quê? Peguei a rabeira e fui naquele passinho de tartaruga. Na minha frente tinha um casalzinho conversando. O fulano era um desses... Como é que fala mesmo? Ah, sim, isso: executivo. Parecia. Todo de terno e gravata, malinha... Mas era novo. Molecão querendo ser homem. A moça parecia mais gente pobre. Calça de brim, camiseta... Eu num sei bem o que ele falou antes. Mas isso eu escutei muito bem. E o sujeito falou alto. Desse jeito:

O Brasil não vai pra frente por causa desses preto e desses baiano. Essa gente é que é o nosso atraso. O governo devia acabar com tudo eles...

Isso é coisa que se diga? E eu sou preto e sou baiano! Tenho vinte anos de São Paulo, mas sou baiano, oxente! E o danado disse mais. Eu escutei com essas oreia que a terra há de comer. Disse assim:

Se eu fosse o governo, fazia com esses preto e esses baiano o que Hitler fez com judeu.

Aí meu sangue freveu! Bati no ombro do cabra. Quando ele virou, eu escarrei na cara dele!!!...

Mas, Seu delegado, eu lhe juro, não fiz mais nada. Tenho inté testemunha. O cabra morreu mesmo foi do coração.

TENTATIVA

Agora Durval era apenas uma cabeça furada a balas, jogada num matagal, longe dum resto de carne carbonizada.

Fala, filho da puta! e dois tapas no rosto, um chute no saco, murros na nuca e pisões sobre o fígado encharcado.

Durval já não sabia nada sobre drogas. Naquele dia estava em casa contente, bebericando uma cachaça ao sabor novo de recomeçar a vida. Conseguira um trabalho no meio do desemprego que assolava a cidade, o estado, o país. Mandara recado para a filha. Quando ela chegasse da casa dos avós, ele dar-lhe-ia um beijo na face e diria:

Tiquinha, agora as coisas vão melhorar. Juro. O pai conseguiu um emprego numa companhia de gás. Quando tudo tiver arrumadinho, você vem morar aqui, tá bom?

Depois veria nos olhinhos dela aquele brilho há muito esperado para saltar do fundo. Certamente receberia um beijo e viria depois um pedido, de mansinho, para que ele reduzisse a bebida, recado da família de Helena, sem dúvida.

Mas eles chegaram e estouraram os miolos do sonho, algemando Durval e apontando revólveres e metralhadoras contra as paredes indefesas do barraco. Arrastaram-no sem dar importância à sua súplica:

Eu não fiz nada! Eu não sou da malandragem. Não tenho mais nada a ver com essa transa...

Tica não mais ficaria alegre de ver o pai recomeçar a vida. Mas a quem aquela alegria importava? Tinha ficado sozinha quando a mãe fora levada para o túmulo com um câncer de mama e muito desgosto, depois de ter sido o esteio da casa e, de vez em quando, saco de pancadas do marido. Helena casara-se, mas não colhera, por muito tempo, flores no sossego das coisas boas da vida. Casaram-se às pressas, mais para se proteger. Havia um pai valentão prometendo agredir Durval, provocar uma desgraça, se o mesmo não cumprisse as normas de praxe para encobrir de moral a gravidez da filha. Do lado de Durval, as súplicas da velha mãe para que constituísse uma família, pois Helena era tão boa e ele o único filho, a única esperança, e que uma criança uniria o casal... Enfim, o conjunto de pressões emparedou o moço mulherengo e fez prevalecer os princípios morais da educação de sua namorada. Exatamente quando o amor começava a ficar com os olhos limpos.

Até conhecer Helena, de sexta a domingo era seu hábito passar as noites fora de casa, dançando muito, frequentando hotéis baratos ou agitando instrumentos em escola de samba. Nos lábios sempre um riso abrindo asas. Viver tinha aquele significado: prazer até as últimas consequências, que eram sempre as penúltimas. O revertério do álcool, o cansaço, a constante falta de dinheiro, as insistentes cobranças, o vexame, nada o demovia da fixação. A vida, afinal, o que valia? Trabalhar exigia uma recompensa: lazer. Amor de verdade? Um, empurrado para bem fundo na memória. Nem queria pensar. Dor demasiada a perda. E, a partir daquela experiência, uma pedra no coração e muita purpurina sonora a desfilar no esmalte dentário. Buscava alegria, sol evasivo nos corpos com quem realizava prazer. Das mulheres, apenas o imediato da noite. Que nenhuma lhe contasse segredos ou fizesse confidências. Detestava ouvi-las.

Quem gosta de confissão é padre! e sempre usava tal assertiva.

Não aturava sequer meia hora de conversa íntima. Não queria, de forma alguma, relembrar, correr o risco de sofrer por amor. Contudo, era simpático e apresentava um bom desempenho sexual.

Surgiu Helena sob a epiderme de uma noite orgástica, fazendo redemoinhar os sentimentos. Durval relutou. Não fez questão de procurá-la para um novo encontro. Chegou mesmo a se empenhar na rejeição. Não se deu bem. Relaxou e gozou nos carinhos oferecidos. Aceitou as confidências e falou de amor.

A menina veio ao mundo pelas mãos da conveniência, mas foi gerada com ternura. Nos primeiros meses encheu de contentamento sua periferia. Ajudou na superação dos atritos que haviam desembocado na união matrimonial. Tias, avós, os pais, todos sentiram um íntimo relaxamento, após a massagem de futuro com que a pequena presenteou a todos, através de seu choramingar de esperança e risinho pleno de encanto. Até no avô conseguiu afrouxar o nó encordoado na testa.

Durval passou, no entanto, a ficar entre dois extremos: a vida conjugal e a outra vida. De segunda a quinta-feira muito bem com a rotina trabalho-casa, casa-trabalho. E afeto. Amava a filha com toda a revivência de seu próprio conteúdo de infância. Deixava sua criança interior brincar, fazer caretas, rolar pelo chão. Na sexta pela manhã, fechava a cara e não aceitava o café de Helena. Saía revoltado, tomava o trem e raras vezes não discutia, por motivo insignificante, com algum passageiro no meio das inevitáveis cotoveladas. No trabalho discutia. E à noite, se voltasse para casa, brigava com Helena:

A comida está salgada... Essa menina não pára de chorar!... Apaga essa merda de televisão. Já ando com o saco cheio de novela e filme! e outras tantas queixas.

Naquelas ocasiões, acabava demorando para pegar no sono e acordava cansado. Sábado à tarde e domingo era para estafar-se no futebol de várzea.

Helena deixou de questionar para que o bafafá não se armasse.

Nas sextas-feiras, em que não retornava para casa, era o porre, depois de se banhar em antigas amizades.

Os anos se atropelaram. E, num desses conflitos entre os dois extremos, Durval agrediu o patrão na lavanderia em que trabalhava. Foi despedido por justa causa. Na ocasião, emprego era agulha em palheiro. Daí, o pão-nosso-de-cada-dia passou a minguar. Helena dedicou-se muito mais à limpeza "em casa dos outros". O marido tentou vários bicos, mas a revolta havia crescido no peito e pisoteado a paciência. Encostou o corpo e, depois de uma briga com a mulher, resolveu aceitar a proposta de um afamado marginal e vender uns pacaus de maconha, discretamente. Foi preso. Saiu. Foi preso de novo, embora já tivesse desistido do emprego ilegal. Helena definhou e recusou-se intimamente a viver. Poucos meses foram necessários para consumar seu intento. A filha, contando apenas oito anos, passou a morar com os avós maternos. Das poucas visitas que lhe permitiram fazer à prisão, pediu ao pai que mudasse de vida. Os olhos dele brilhavam. Engolia as lágrimas.

Quando saiu detrás das grades, Durval firmou o pensamento, encheu o peito, sentiu uma responsabilidade maior pela filha que tanto amava. Resolveu se aprumar. O antecedente criminal impediu a passagem. A lembrança de Helena e seus carinhos, a dor do remorso, tudo ameaçou desestimular seus propósitos. A velha mãe, mesmo perdendo a força em um asilo, incentivava-o. A família da mulher, amedrontada pela possibilidade de perder a menina, tecia intrigas e descrenças. Mas, a luta por um emprego continuou e Durval conquistou-o.

Era tarde.

Tica, a filha, chegou, de braços com a avó, para encontrar o pai e deparou com a garrafa de Rio Pedrense em cacos no chão, cadeiras viradas, a porta escancarada e os vizinhos, chocados com a violência dos justiceiros, zunindo a desgraça em seus ouvidos.

Naquele momento, um vazio em carne viva abraçou e apossou-se da órfã. Nela, o pai afogando-se na memória. As lágrimas transbordaram-lhe de um enorme poço de mágoas. O abraço da avó não as podia conter.

LEMBRANÇA DAS LIÇÕES

Sou na infância.

A palavra escravidão vem como um tapa e os olhos de quase todos os moleques da classe estilingam um não sei o quê muito estranho em cima de mim. A professora nem ao menos finge não perceber. Olha-me também. Tento segurar a investida, franzindo a testa e petrificando o olhar. Mas não dá. Um calor esquenta-me o rosto e umas lágrimas abaixam-me a cabeça para que ninguém as veja.

A aula continua. E eu detectando risos e fazendo um grande esforço para não lhes dar crédito. Enquanto a professora verifica umas fichas amarelecidas, a sala enche-se de gargalhadas surdas. Ela prossegue. A cada palavra de seu discurso, pressinto uma nova avalanche de insultos contra mim e contra um "eu" mais amplo, que abraça meus iguais na escola e estende-se pelas ruas, envolvendo muitas pessoas, sobretudo meus pais. Ela, após tomar fôlego, recomeça, sempre do mesmo jeito acentuado:

Os negros escravos eram chicoteados... e dá mais peso à palavra **negro** e mais peso à palavra **escravo!** Parece ter um martelo na língua e um pé-de-cabra abrindo-lhe um sarcasmo de canto de boca, de onde me faz caretas um pequeno diabo cariado. Novos suplícios são narrados junto a argumentos entrelaçando-se em grades. Vou mordendo meu lápis, triturando-o.

O clima pegajoso estende-se na sala. O outro garoto negro da classe permanece de cabeça baixa o tempo todo. Nenhuma reação. Uma caverninha humana. Imóvel.

Minha respiração, sinto-a dificultada.

É você, macaco. Você é escravo, cochicha-me um aluno branco. Sussurro uma vingança para depois e sinto, pela primeira vez, um ódio grande e repentino, metálico, um ódio branco. A professora, em face da minha reação explodindo nas contrações do rosto, pede atenção com forte autoridade. Manuseia outra vez as fichinhas velhas e prossegue:

Os NEGROS ESCRAVOS eram vendidos como CARNE VERDE, peças, desprovidos de qualquer humanidade. Eram humildes e não conheciam a civilização. Vinham porque o Brasil precisava de...? Vejamos quem é que vai responder...

Tremo, encolhido, dolorido diante da possibilidade de ser chamado. Meu coração bate na vertical e meus intestinos se revoltam. Saio apressado da sala, sem pedir licença. Chego à privada em tempo.

Defeco o desespero das entranhas.

Olho as paredes e a porta do cubículo rabiscadas, procurando espaço. Contenho, com bastante esforço, um choro que me vem insistente para afogar o mundo. Limpo-me com um pedaço de jornal, não sujo de todo, e fico ainda sentado sobre o vaso branco, pensando, vagando como um prisioneiro perpétuo. A cor do vaso sanitário desperta-me tramas. Primeiro levanto-me e chuto-o com a sola do sapato, depois sou levado pelo vento das imagens, das idéias **...ponho fogo na escola... veada filha da puta... papel de caderno debaixo da mesa dela... como a bunda de todo branquinho... acendo fósforo... quem me xingar de neguinho... são tudo veado... vou comprar um canivete... dou porrada mesmo!...** E a porta passa a me servir de lousa: ***... branco caga no meio...***, acho graça das coisas que escrevo e continuo.

A agressividade estridente da campanhia surpreende-me então com meu lápis sem ponta. É o término do período.

Saio. Perambulo sozinho pelas ruas, carregando um mal-estar no meio dos cadernos e um nó de silêncio no peito. No dia seguinte, nada de escola. Vou comer bananas nos vagões da Sorocabana e Joel vem comigo. É meu vizinho, negro também, de outra turma na escola. Entre sutilezas de nosso diálogo, percebo que a "história" da escravidão já espancou mais um por dentro. A gente conversa muito mas, nesse particular, fica só um silêncio cúmplice, uma bronca em comum, uma solidariedade de quem divide a dor. Não tocamos no assunto, contudo o protesto vem, do nosso jeito: falta em cima de falta, e nota vermelha, e a gente falsificando os boletins. Cartinhas da diretora para os nossos pais, e a gente fazendo assinaturas falsas. As mentiras sempre ao lado da verdade de nosso sentimento de revolta.

Nosso empenho, contra os compromissos da escola, não dura muito. Alguém vai a nossas casas e dá com a língua nos dentes. Eu e Joel, na volta de um belo passeio, começamos a apanhar no meio da rua. É uma grande surra, de cinta. Fico com vergões nas costas e Joel com uma marca de fivela no rosto para todo o sempre.

A escola de novo. A vigilância aguçada dos nossos pais. Eu e Joel cada vez mais com fama de valentes.

Chegamos ao quarto ano com a malandragem bem burilada. Já não damos importância ao fato de nos chamarem pela cor. Entre a molecada, quase sempre fazem isso com medo, medo do Neguinho-eu e do Neguinho-Joel. O medo deles é que nos importa, nos dá alento, ilusão de respeito.

É o dia da festa. O dia do diploma. Nossos pais comparecem, sorriem às professoras, e vamos todos cantar o hino debaixo da bandeira verde, amarela, azul e branca. Verde... Meu pai e minha mãe verdes por um instante... CARNE VERDE. E as gargalhadas surdas balançam o pendão da esperança. Com a mão sobre o lado esquerdo do peito não dou importância ao Joel, que faz piadas.

Ouviram do Ipiranga...

Todos cantam. Fico mudo e triste, até sentir dentro do peito um batuque que me vem de longe, do que não sei de mim. Euforia inexplicável. Descubro o Coração.

O tempo não tem tréguas e as lembranças servem de alerta e lamento. Não é todo dia que se é lançado ao passado como uma flecha em busca de um alvo que sempre nos é obscuro.

Depois do Grupo Escolar, cada um pro seu lado. Um namoro entre uma irmã de Joel e um primo meu, que mora lá em casa, faz com que as duas famílias entrem em choque por causa da virgindade perdida e a gravidez da moça. Nas discussões não falta, nem de um lado, nem de outro, o adendo "nego(a)" à frente das pedradas de palavrões. O atrito fica forte, com tira-a-limpo aos socos e polícia. A família de Joel muda-se para longe.

Nessa época as dificuldades sobem na mesa de casa. Arroz e feijão sem mistura durante meses, com certos dias de nem isso ter. Meu pai se consumindo numa cama. Eu e o primo à cata de emprego, aturando nãos e fazendo todo "bico" que aparece. Nasce a criança, filho de meu primo com a irmã de Joel. Ela e o filho acabam ficando com a gente. Dão o nome de meu companheiro. Fico contente, embora a referência tenha sido a um nosso parente distante.

Depois de tempos – Joel já num empoeirado das lembranças – venho a saber de seu destino.

É a primeira comunhão de meu sobrinho. Na porta da igreja tenho a notícia de sua prisão. Um conhecido branco, dos tempos daquela amizade, narra com tal ênfase as peripécias de Joel pelo mundo do crime, que me faz lembrar D. Isabel, a professora. Desconverso. Tento afogar Joel no esquecimento. Em vão.

Hoje, mais uma entre as tantas prisões: ***Preso o marginal Neguinho Joel*** – foto em primeira página. A marca da raça e a marca da fivelada no rosto.

As máquinas lá fora não dão folga pra gente. O banheiro dessa fábrica torna-se o único refúgio, apesar do cheiro. Aqui venho ler jornal, quando o chefe não está por perto.

Nesta manchete de hoje, no rosto de meu amigo, a marca da fivelada me aponta um grito aparafusado com jeito na minha garganta. Mais um aperto: ***Preso o marginal Neguinho Joel.***

Porta e paredes rabiscadas já não adiantam nada. Já nem servem mais ao desabafo!

UM LAPSO

O Chulé? Ah, bobeira o que aconteceu com o Chulé. Vou te contar. Só porque confio em você, mano. Mas, se me dedar... Ah, você é gente fina. Desculpe.

Bem, no Chulé eu dei dois tiros. E ele não era cagüeta. Cagüeta merece mais, não acha?

Não, não estou estranhando você. Mas é bom deixar tudo acertado entre nós. Vou dividir essa história. Mais ninguém vai ser dono dela. Só nós dois. Faço isso porque confio.

Faz cinco anos, e eu aqui na boa. Fiz cena, até enxuguei umas lágrimas no enterro dele. Ninguém desconfiou. No meio da rapaziada, jurei vingança. Se pegasse o cara, o que matou o Chulé, enchia ele de azeitona. Mandava ele comemorar o bicampeonato do São Paulo junto com São Pedro. Teve gente que riu igual você está rindo agora.

Quer mais um copo? Essa cachaça é de alambique. Meu sogro deixou curtindo uns dez anos... Não... Essa aqui não dá ressaca mesmo.

Mas, como eu estava te contando, depois que eu cheguei em casa, comecei a rir da minha marmotagem no enterro. Mas, de repente, me deu uma tremedeira esquisita, rapaz! Comecei com uma tosse, que acabou virando soluço. Foi aumentando e... Acredita que eu chorei feito criança, mano! Não foi como no enterro, não. Era como se alguém estivesse dentro de mim, torcendo a minha vida igual se torce roupa molhada. E eu que nunca tinha chorado, nem no pau-de-arara daquela vez do assalto do supermercado, lembra? Nem daquela vez, com choque elétrico e tudo!... E, vê só, ali em casa, sozinho, eu parecendo um bundão, rapaz... Foi a primeira vez que eu fiquei com vergonha de mim.

Me dá um cigarro do teu. Ando fumando pra dedéu... Comprei um pacote domingo. Você vê, hoje é sexta, e já acabou.

O quê? Não. Eu não queria matar o Chulé. Sério... No fundo foi uma coisa besta.

Ele ficou naquela de dizer que ia me acertar a grana, mas nunca acertava. Pô, quem tinha bolado a transação tinha sido eu! Ele ajudou, tá certo, mas devia me respeitar, na hora marcada chegar junto com a grana. Ficou com aquela onda de só deixar recado de ***tem mosca na sopa***, ***tem mosca na sopa***. Uma semana depois que tudo estava acertado com os gringos, o cara com aquele papo de ***mosca na sopa***?... Eu queria a sopa! Aí, mandei o recado: ***Não sou otário! Amigos, amigos, negócios à parte. Ou acerta o trato ou te acerto, Joãozinho.*** É... O nome dele era Olegário. Eu chamava ele de Joãozinho quando percebia que ele queria dar uma de João-sem-Braço. Tanto que ele deve ter percebido meu humor. Deve ter pensado: **É mais uma história do Pinhão...** E continuou naquilo de ***Dá um tempo***, ou então ***Tá tudo em cima. Dá um tempo pra limpar a área.*** Ahn? Que nada! Não dava pra gente se encontrar. Tinha tira no lance. A coisa funcionava a base de bilhete que ele mandava. Mas, eu andava no sufoco. Aquela grana tinha endereço certo. Eu queria dar um tempo com a malandragem, entendeu? Você, no Carandiru. O Timbira, com aquela história do carro forte, levou tanto pau que ficou pinel. O Leandro, você soube, os homens fizeram ele de peneira. Os caras que pintavam na área, não dava pra encarar nada com eles. Tudo vacilão! Eu tinha até combinado com o Chulé: a gente armava o negócio da "farinha", com aquela categoria, pra não deixar nenhum furo, e saía fora, ia tomar um refresco bem longe. E, justamente, eu tinha que acertar uns dividendos com uns advogados e uns tiras chegados e, depois, tomar um chá de sumiço, numa boa. Eu ia montar minha tenda num outro terreiro, entendeu? A Glorinha entrou numas de querer filho... Sabe como é mulher... Daí que foi me enchendo o saco aquela história do Chulé. Eu não podia ficar esperando a vida toda.

É, pode pôr mais um pouquinho pra mim. Gostou, né, malandro? Não te falei que a caninha era boa? De alambique! Ah... ah... ah...

Aí, de repente, o Chulé passa uma semana sem me mandar nenhum recado. Eu pensei: **A grana subiu na cabeça dele.** E olha que a gente tinha levado esse papo na responsa, tim-tim por tim-tim. E ele:

Não, Pinhão, não precisa ficar batendo nessa tecla. Eu não vacilo. Já vacilei alguma vez contigo? e arregalava aquele olhão dele.

É, ele nunca tinha vacilado. Chegou a levar muita porrada e nunca me dedurou. Mas, naquela situação, eu querendo sair fora pra ajeitar a vida, não dava pra aguentar. Saí farejando. Mas, não adiantava. Um recado dele dizia que ia mudar de "mocó". E ninguém sabia dele. Cheguei a dar uma pequena prensa no "aviãozinho", mas o moleque recebia os bilhetes em casa.

Naquela noite mesma que eu dei um rolé, depois da Glorinha ter me torrado o saco, falando que eu devia apagar o Chulé, entrou por baixo da porta o último bilhete, marcando local e tudo. Vinha assinado Chuchu. Você lembra, não é? Quando ele estava numa boa, queria ser tratado de "Chuchu"...

É, mano, eu também achava ele uma figura. Mas, vai escutando o resto da história.

Depois daquele aviso, não sei porque eu fiquei cabreiro. Como a grana era muita, eu saí carregado na munição. Se o Chulé quisesse me tirar da jogada, ia ter que ser muito malandro e muito macho. Pus bala até no meio do cabelo. Dei um giro pelo local. Tudo tranquilo. Aí, olho pra frente do prédio, o Chulé numa janela, bem à vontade. Me viu lá de cima, acenou, sorrindo. Subi. Juro que, de ver o Chulé daquele jeito, fez minha cabreiragem ficar mais mansa. Sabe, o cara ali, cabelinho cortado, ar de bacana, alegrinho... Era meu camarada que estava lá, meu camarada de fé. Subi o elevador meio que perdoando o cara. Só por precaução eu segurava o cano. Quando a porta abriu, ele estava lá, com uma garrafa de champagne na mão. Me abraçou. Me mandou entrar, assim:

Tudo em cima, Pinhão. Nenhuma poeira. Tudo na graxa, mano!

Mas, quando eu entrei e vi aquele luxo da sala, sofazinho, tv, vídeo, tapete e os cambaus, me subiu um desejo de dar um susto nele. Coisa de moleque, entende? Sério mesmo. Eu nem sabia de quem era o ap. Nem fiquei sabendo. Eu não ia matar o cara.

Ele foi buscar a minha parte. Veio com uma sacola cheinha. Chegou na minha frente, abriu o zíper. Só verde, só verdinha, cara! Olhou pra mim e disse:

Pinhão, dá pra montar uma fábrica de sorvete.

E ainda falou, rindo:

E, por lembrar nisso, comprei uma lata pra você festejar, e foi andando pra cozinha.

Você sabe que eu sempre fui amarrado em sorvete. Desde pequeno. Mas, naquela hora eu lá queria saber de sorvete! Meti a mão na grana. Passei o bip em algumas notas. Assim, um pacote aqui, outro ali. Parecia que tudo "estava em cima". Nada falsificado. Dei uma geral, enquanto ele ficava falando um monte de bobagem e rindo. Aí, fui atrás do Chulé pra fazer a molecagem.

Meti a sete-meia-cinco no peito dele e disse:

Tudo bem, Chulé, vamo acertar as conta. Eu já sei de tudo!

Ele tremeu. Ficou pálido. E aí:

Pinhão, meu camarada, deixa pra lá. Nossa amizade vale mais, cara. Isso é coisa que acontece. Ela insistiu. Eu juro. Eu só comi a Glorinha uma vez. Ela insistiu, Pinhão! Me chamou de bicha!...

Quando dei por mim, o Chulé estava caído com um tiro no peito e outro na testa.

Nunca pensei, rapaz! Nunca pensei!... Meu melhor amigo...

O quê? A Glorinha? Ah, esse é outro segredo que você vai ter que guardar. Ela está aí, enterrada bem debaixo da tua cadeira.

INCIDENTE NA RAIZ

Jussara pensa que é branca. Nunca lhe disseram o contrário. Nem o cartório.

No cabelo crespo deu um jeito. Produto químico e, fim! Ficou esvoaçante e submetido diariamente a uma drástica auditoria no couro cabeludo, para evitar que as raízes pusessem as manguinhas de fora. Qualquer indício, munia-se de pasta alisante, ferro e outros que tais e...

O nariz, já não havia nenhuma esperança de eficácia no método de prendê-lo com pregador de roupa durante horas por dia. A prática materna não dera certo em sua infância. Pelo contrário, tinha-lhe provocado algumas contusões de vasos sanguíneos. Agora, já moça, suas narinas voavam mais livremente ao impulso da respiração. Detestava tirar fotografias frontais. Preferia de perfil, uma forma paliativa, enquanto sonhava e fazia economias para realizar operação plástica.

E os lábios? Na tentativa de esconder-lhes a carnosidade, adquirira um cacoete – já apontado por amigos e namorados (sempre brancos) – de mantê-los dentro da boca.

Sobre a pele, naturalmente bronzeada, muito creme e pó para clarear.

Lá um dia, veio alguém com a notícia de "alisamento permanente". Era passar o produto nos cabelos uma só vez e pronto, livrava-se de ficar de olho nas raízes. Um gringo qualquer inventara a tal fórmula. Cobrava caro, mas garantia o serviço. Segundo diziam, a substância alisava a nascente dos pêlos. Jussara deixou-se influenciar. Fez um sacrifício nas economias, protelou o sonho da plástica, e submeteu-se.

Com as queimaduras químicas na cabeça, foi internada às pressas, depois de alguns espasmos e desmaios.

Na manhã seguinte, ao abrir com dificuldade os olhos, no leito do hospital, um enfermeiro crioulo perguntou-lhe:

Tá melhor, nêga?

Ela desmaiou de novo.

ENQUANTO O PAGODE NÃO VEM

Joel, é esse aqui, aquele de quem te falei. Lá da faculdade...

Ah, o que gosta de samba? Vai fazer tese, não vai?

É. Ele está com o mestrado em andamento.

Muito prazer. Meu nome é Joel.

Pode sentar, Orlando.

Vai com a gente na cerveja? Ah, não bebe... A rapaziada tá chegando logo mais.

Não, Orlando... O pessoal aqui nesse boteco faz samba da pesada. Não é em garrafa e caixa de fósforo, não. O pandeiro tá vindo aí junto com o tantã, tamborim e cavaco.

E tem mais, meu amigo... Como é mesmo a sua graça? Ah, sim, Orlando. Viu, Sandro, vem vindo aí uma senhora cuíca. Ah, sim, Or-lan-do. Desculpe.

Você pode gostar, mas essa que o Joel tá dizendo não tem igual.

Sabe, nós até botamos o apelido nela de umbigo de crioulo, não é, Roberto?

Nós não! Você pôs o apelido, Joel. Até levantou a camisa pra mostrar a semelhança.

Oooooooo, Roberto! Não precisa espalhar. Daqui a pouco o amigo aqui vai querer que eu faça demonstração... Ha... ha... ha... Se apertar não vai sair som de cuíca, só a baqueta do surdo é que vai subir... Ha... ha... ha... Esse teu amigo, viu,

Franco... Ah, desculpe, Orlando! Mas, viu Orlando, esse aqui é muito meu camarada, mas gosta de sujar a minha ficha.

Garçom!

Vai lá, Roberto, que o cara tá igual peru bêbado. Esqueceu que é aqui. Nunca vi bar pra encher igual este! Outro dia eu tava a fim duma mesa, sentei no balcão e pedi minha "cerva". Tinha um branco que começou... Desculpe eu tá falando "branco", porque eu não tenho preconceito. É que o cara era mesmo assim, parecia de cera, entendeu? Parafina. Só falando branco mesmo...

Taí, ó, geladinha!

Beleeeza! Mas, como eu tava te contando... Seu nome é?... Leandro? Ah, sim, Orlando! Desculpe. Eu pra guardar nome sou uma negação.

Pô, Joel, você tá demais. Anda trocando Jesus por Genésio. Tá louco!... É isso aí, meu caro, fica confundindo entidade espiritual com enredo de carnaval...

É mesmo, Roberto. Preciso dar a obrigação e não tem como fugir. O padrinho já andou ameaçando, com aquele jeito gordo dele, né... Ha... ha... ha... Você conhece a fera, né? O pai Adelso?! É... Aí ele diz assim pra mim: **Quando o santo qué e cavalo não dá, ou dá ou desce! O santo derruba!** *Aí, já faço umas mirongas, acendo umas velas... Sabe como é, santo quer banquete, 'cê dá um lanche. Enquanto isso, aquela rebordosa pra arrumar o "troco" pro trabalho completo, é ou não é?*

Eu também pratico, Orlando. Mas eu levo a sério. Não faço igual o Joel, não. Comigo é ali, direitinho.

Como é que é, Evandro?... Oh, desculpe, não é Evandro, é... Ah, isso, Orlando! Não vai nem um golinho?

Acho bom 'cê parar de beber, Joel.

Oooooo, Roberto, me chamando de bebum na frente do amigo aqui...? O rapaz tá me conhecendo agora...

Não é isso. Mas, sabe como é, a cabeça tá devendo, o santo vem e cobra. Ainda se fica tomando uns "goró"...

Ah, pára de graça, Betinho, deixa eu ouvir teu camarada.

.......?

Ah, Salomão, quer dizer, Orlando, se você vai querer saber isso tudo... Não dá pra explicar esse negócio. É muito complicado. Sabe, o orixá mora na cabeça... Iiiiii, mas se você não sabe o que é orixá, aí fica mais difícil.

Eu sei que não divulgam, Orlando, mas o que o Joel quer dizer é que tem de estar lá pra entender um pouco. E tem mais, certos fundamentos, só o dono da cabeça! Não dá pra explicar. Ou melhor, você nem sabe.

E sabe ao mesmo tempo, né Roberto? Não exagera, senão o amigo aí, o Orlando – ah, viu como eu lembrei! – o Orlando vai achar aquele negócio: que é religião de crioulo ignorante... E eu, já viu, se precisar jogo minha carteirinha da Ordem dos Advogados em cima da mesa.

O que estou dizendo é sobre o fundamento do ori. Ahn?

Eeeeee... Vamos mudar de assunto, Roberto, senão vai ser preciso dum dicionário de macumba pro amigo aí... Ha... ha... ha...

Não leva a mal o Joel, hein, Orlando! É que... Tudo bem, mas numa outra oportunidade a gente troca uma idéia mais sossegada sobre religião.

Mas, eu queria terminar a história do balcão pra ele, Roberto. Eu tava até contando... Eu tinha te falado, né companheiro, que faltava lugar e eu sentei no balcão. E o branco... 'Cê não leva a mal d'eu falar "branco"!... Eu não sou racista... Certo... Então, como eu ia dizendo, ele levantou e quis tirar uma onda na minha cara. Me chamou de macaco. Pra quê?! Desci do balcão com a garrafa de cerveja, fui lá e despejei na cabeça dele, tudinho. O cara tremeu. Me mediu de cima abaixo e saiu chorando... Ha... ha... ha... Fiquei até com pena.

Mas o cara devia ser franzininho, hein, Joel?

Não, até que não... Pô, mano, não vai me chamar de mentiroso, pô!... Deixa eu falar com teu amigo aqui. Mas viu,

Orlando – já gravei teu nome, tá vendo? – o sujeito saiu assim, com um soluço esquisito, chegou na porta do bar, deu um puta berro: **AHHHHHH!...** *Jogou um bocado de murro no ar e se mandou.*

Ha... ha... ha... 'Cê é uma nota, meu! Conta um conto e aumenta um bocado de ponto...

Ooooooo, Roberto, o José aí do bar te confirmou. Não, Silviano, o cara tava sozinho. Ah, sim, Orlando, desculpe. Mas aí todo mundo deu risada, sabe, e eu sentei no lugar dele e pedi outra cerveja. O dono do bar é meu chapa. Sabe que eu fiz tudo aquilo de gozação. Tô cansado de livrar a barra dele na justiça. Mas, depois veio o garçom, não esse que taí. Um outro, baixinho. Chegou e me disse que o cara era professor de karatê e jiu-jitsu. Só que era meio lelé. Andou levando uns cocorotes na cabeça...

Já pensou se ele te pega, meu? 'Cê com essa barriga toda...

Ah, Roberto, não enche o saco! Até que a minha barriga é modesta. Não sabia que eu ando a fim da coroa do momo? É, depois do Henricão não dá mais pra barrar negrão na conquista do reinado. O Henricão... Ele era teu parente, não era?

Não. Uma irmã minha que é casada com um primo dele. É, Orlando, ele foi o rei momo do carnaval... De quando mesmo, Joel?

Foi no carnaval de 84, acho eu. Gente finíssima, viu Orlando. Conheceu?

É que ele não se ligava em carnaval, Joel.

Mas devia conhecer o primeiro rei momo negro, pô! Foi um fenômeno. O quê, Rolando? Ah, sim, Orlando... O que 'cê falou? Desfile de carnaval é alienação? Ah, tudo que negrão faz 'cês vem com esse papo. Se for alienação é culpa mesmo de vocês brancos, que faturam no tecido pra fantasia, no bar, nos instrumentos e tudo... Que calma o quê, Roberto! Esse lance, de que escola de samba é alienação, tá por fora. E as madames mostrando as tetas, as "boletas" e as bundinhas magras no salão? Isso aí não é alienação? Já vi que teu amigo aqui não é muito chegado nas coisas da raça.

O Orlando tá se aproximando do meio, Joel...

Iiiii... Se aproximar já numas de criticar, sem tá por dentro? Vai se dar mal. Desse jeito essa tua tese, meu chapa, a rapaziada vai limpar o cu com ela.

Calma, Joel... Olha a moçada chegando aí.

Juruba, aqui! Ha... ha... ha... Aquela da Vai-Vai:

"Foi como um raio de luz
A imagem do céu
No rosário de Ifá.
Eu vi, ah eu vi
Nossos babalaôs..."

Que isso, Orlando?! Já vai? Pô, desculpa a discussão. Não leva a mal. O Joel é assim mesmo. Mas não guarda rancor de ninguém... Tá legal, a gente se encontra segunda-feira na faculdade.

Hei! Já vai, Fernão? Aparece aí... Falou!... Pode deixar que não esqueço teu nome não, viu Sandro...

"E lá do alto
Quando o sol brilhou
Eu avistei a pedreira de Xangô..."

CELESTE E CELESTINO

Sinto náuseas. Me dá enjôo... Não posso tomar! diz e recusa os anticoncepcionais.

Ele sai cabisbaixo e vai embora, arrependido do gasto inútil e da vã tentativa.

Na noite seguinte, Celeste argumenta irritada:

Ah, isso eu não aceito! É como chupar bala com papel!

E Celestino joga no lixo a embalagem com seis camisinhas.

Dias molhados se passam. Muita chuva na cidade. O quarto vira casulo. Lá pelas tantas, quando os nimbos permitem o esplendor das estrelas, a lua cheia entra pela fresta da janela do hotel, ela segreda-lhe entre as ondulações do lençol:

Benhê!... Assim é como chupar bala e não poder engolir o recheio. Não tem graça!...

Ele, depois de passar uns dias sem aparecer, nem dar notícias, resolve deixar de lado o coito interrompido, considerando seriamente as palavras da amada:

Eu sei quando pode e quando não pode. Confia em mim... Eu faço a tabelinha.

Lá se vão alguns meses. Ela, saliência sob o vestido, encontra uma amiga:

Quem? Aquele sacana? Ele se mandou só pra não assumir o filho. Ainda teve a coragem de dizer que não sabia se era dele! São todos iguais. Só querem usar a gente. Depois desprezam.

Celestino, bem longe, convalescente de uma vasectomia, teme por sua virilidade.

DÍVIDA EM VIDA

Chegava-se à conclusão final da palestra sobre os direitos retroativos. Dentre o público que lotava o anfiteatro, destacavam-se os Brancos cujos Melhores Amigos são Negros, os Não Tive Intenção de Ofender, a Senhora Democracia Racial – exibindo seu rosto de duas mil plásticas – e o Deputado Amor não Tem Cor. Bem à frente do conferencista, notava-se o Reverendo Somos Todos Iguais, além de outras autoridades políticas, militares, empresariais e eclesiásticas, bem como o representante maior da nação. Cada qual com um riso mais amarelo que o outro.

O Dr. Zumbi abandonou o microfone, levantou-se e abriu um antigo e enorme baú, que ocupava mais da metade do palco. Foi retirando objetos e colocando-os sobre a mesa. Havia pelourinhos, correntes, chicotes, grilhetas, máscaras de folha de flandres, centenas de orelhas arrancadas à faca, cacetetes de vários tipos, paus-de-arara e outros que tais. Um século depois, retomou sua exposição, após um gole de Oceano Atlântico bastante avermelhado. Atento para o amontoado saído do baú, o público seguia os gestos e palavras como quem prepara um bote.

Senhoras e senhores, são apenas, para sermos humildes, como é sempre o esperado, um total de 3.500.000 (três milhões e quinhentos mil) trabalhadores chegados no país nos *três últimos séculos, sem levar em conta a reprodução interna, que foi grande. Considerando cada um deles ter trabalhado no máximo dez anos, como querem certos historiadores, tendo em vista as condições precárias de sobrevivência da época, chegaremos a um total de 35.000.000 (trinta e cinco milhões de anos) ou 420.000.000 (quatrocentos e vinte milhões de meses). Tomando como referência o salário mínimo de 100 (cem) reais – atendendo ao apelo das classes patronais para que não sejam sacrificadas – tem-se um total de tão somente R$42.000.000.000 (quarenta e dois bilhões) de reais ou, convertendo para a futura moeda do país, US$42,857,142,857.10 (quarenta e dois bilhões, oitocentos e cinqüenta e sete milhões, cento e quarenta e dois mil, oitocentos e cinquenta e sete dólares e dez centavos) a serem ressarcidos, o que caberia a cada descendente, levando-se em consideração uma população afro-brasileira de 60.000.000 (sessenta milhões) de cidadãos, apenas US$714.28 (setecentos e catorze dólares e 28 centavos). Não será cobrada nenhuma taxa de juros.*

Gostaria de salientar que, por motivos patrióticos, não foram considerados décimo terceiro, férias em dobro, semana inglesa, seguro desemprego, indenizações por invalidez e morte, aposentadoria, vale refeição, insalubridade, PIS, vale transporte e outros benefícios atuais. Os prejuízos psicológicos advindos de torturas, estupros e outras formas de sadismo praticadas por seus antepassados, nada disso foi computado. A crueldade refinada dos senhores, atualmente, também deixamos de lado. Vamos inaugurar um novo tempo. Quanto à forma de pagamento...

E o Dr. Zumbi levantou os olhos de seus cálculos. A platéia estava vazia. Um último personagem dissolvia-se em fumaça por debaixo da porta. Mas, para surpresa do palestrante, sua Excelência o Sr. Presidente da República havia deixado sua pasta. O Dr. correu até ela e, sem escrúpulos, abriu-a. Saltaram outras tantas contas a pagar. Todas com prazos vencidos.

O DITO PELO DITO BENEDITO

rajada de medo e este arsenal de incertezas. eu por todos e nenhum por mim. arriado em desânimo insociável, insalubre. cadê a brisa? dei por mim no deserto. arte é deserto. oásis amargo na própria boca. grito de misericórdia. tiro de misericórdia. eu devia fazer com que todos entendessem isso: mexer no cocô da memória e tapar o nariz. o que fiz, deixando tanto sonho se afogar no mar daquela travessia? vaguei. agora fico fincado num chão de dias iguais. raiz no asfalto. de repente, areia movediça de desejos absurdos-mudos. um esforço tamanho sem possibilidades. até mesmo o jogo de cintura se foi. adoeço. contemplo o tempo escoado e vejo a foice se apoderar do sol. entranhas na cova. ossos já frios. tenho um certo espanto de estar a cavar em mim mesmo uma sepultura. enterro todos aqui. meto a pá da desilusão por cima. vou sangrar no copo para servir aos amigos que restarem nas ruas do encanto. tenho dó da saudade. ela fica à porta de casa, mendigando. endureço o cenho e não dou nada. pode morrer à míngua! só sei procurar a distância. não aguento mais os pormenores dessa coisa pegajosa sempre dizendo não, talvez, quem sabe. a obrigação de polir a pele, saco! sorrir é um lapso-laço. muitos nele se enforcam várias vezes por dia. há os que fizeram cordão umbilical de minhas palavras. abandonei a placenta. desejam agora que eu me dane. sei. adoeço, infelizmente. tenho culpa no cartório. eles podem me crucificar, mas não os salvarei, nem lhes dedicarei o meu epitáfio. não vim aqui para imitar cristo. ele se candidatou à pureza. eu também. jesus foi eleito e eu não obtive nem meu próprio voto. agora ganho outra estrada. sei onde vou parar. a meta é o impenetrável desconhecido, esse aporrinhador da nossa ânsia de viver. preciso seguir esta trilha. ir num caminho só. perdi muito tempo estabanando-me, ajudando o próximo. mifo! o próximo sou eu. "tu" é uma hipótese nem sempre agradável. furtarei toda paz que encontrar pelo caminho. vou seguir. não tenho mais pena dessa gente que vive mostrando ferida putrefata. narcisos das mazelas. cuidarei das minhas dores. meu egoísmo anda sangrando. tem osso já exposto. demoro para abrir depois que fecho as mãos. tenho calos de tanto eu bater martelo em ponta de faca. entortei algumas. outras me cortaram os punhos. martelo às vezes escapa. um ser-sucata sou. meu alimento é a recordação das trombadas. masco chiclete em brasa...

e por aí afora... eu, neste estado, eles vieram me estudar. eu era um que escrevia e publicava depois de inúmeros cheques pré-datados.

ora, ora, já se viu...? vamos estudá-lo. é de outro planeta. preto que escreve. já não foi provado que são incapazes de operações intelectuais? quando muito, conseguem fazer como o outro que se flagelava com a poesia. asinha de anjo começou a crescer, mas ele desconfiou da virgindade racial da democracia e teve ereções críticas. pronto: asinha foi encolhendo, encolhendo... até sumir. não pôde ir pro céu. esse de agora ainda é agressivo. vou lá ver.

eu também.

e vieram, com seus olhos azuis de vontade de serem azuis. dei alguns poemas. analisaram e riram. não havia erro de concordância. discordância de princípios não agradaram nem um pouco. não enverguei a espinha como eles tinham solicitado. ofenderam-se. foram embora, levando um pouco de mágoa e muita decepção. juravam vingança... até que veio outro. rei na barriga. olhava-me de cima da montanha de livros que havia lido. ou apenas anotado autor e título. veio para me ensinar como se faz literatura. eu disse apenas:

liberdade!

ah, achou que eu era louco. espetou-me os sonhos em uma lança de marfim e foi sacudi-los em angola, dizendo:

vocês conhecem? o dono está doente. precisa de um tratamento revolucionário. não pára de nos acusar de racistas.

depois voltou. deu-me conselhos, bibliografia, alguns panfletos, o boletim do militante, textos de agostinho neto e costa andrade. ***tudo é uma questão de classe***, escreveu como dedicatória. li como quem vai redigir tese. almocei, jantei, quando fui arrotar: **raça!**

retornou um dia o tal. espetou-me de novo os sonhos e foi sacudi-los em nova iorque.

olha, aqui está uma visão defasada. o articulador só pensa em dor. precisa receber uma dose de progresso black. ainda faz macumba. não gosta de música ao piano. não curte o duke ellington. e tem mais, andou chamando o shakespeare de racista. ainda sente rancor. não quer alisar os cabelos nem fazer trancinhas rastafari para poder balançá-los ao vento!

e devolveu-me os sonhos cansados de viajar. nem bem descansei de suas investidas, carregou de novo espetadas as minhas visões oníricas. colocou-as aos pés do ex-presidente do senegal. disse lá que eu estava tentando imitar a negritude e era um preto prato cheio. podia ser multado por plágio. bateu de novo à minha porta. entrou e foi direto à estante. queria saber das minhas leituras. ficou mexendo, indisfarçadamente com o bumbum arrebitado. eu havia amaciado pandeiro quando era moleque. depois, não mais. **será que assim se manda?** pensei e disse:

arria!

ele arriou, oferecendo-me o enorme queijo de minas. comi fatias boas no momento. depois mandei que ele fosse peidar n'água. foi. deve ter se afogado por lá. deus o tenha. tive uma forte indigestão. corri pro boldo bem verdinho. que delícia!... depois me pus à frente da máquina. meu cão aconchegou-se-me aos pés. aqueceu-me. queria uma história, daquelas que me faziam ficar horas a fio equilibrando-me no trapézio da criação. assim que dei início...

julião entrou sem bater. acendeu seu intelectual cachimbo e perguntou-me se eu sabia da loucura do evandro. disse a ele que não. então me garantiu:

ele ficou louco porque se engajou no movimento negro.

eu retruquei:

o contrário pode ser. só fica louco o negro que nunca se engajou. vive a se esconder da consciência até perdê-la de vista.

veio a reação. nela dizia ser eu também um candidato ao manicômio, que não adiantava lutar, os brancos tinham tudo, ascender curvadamente era a única saída, e um monte de outras coisas juntas aos tufos de algodão que lhe iam saindo pelas narinas. quando exausto, caiu na poltrona. ventilei-o com o espanador de pó. ofereci boldo. insistiu preferir uma fatia de queijo. respondi que o cara tinha ido embora.

mas apareceu uma louquinha para experimentar você, não foi? perguntou.

queria o queijo ou a rosa-dela. respondi:

era uma tábua, meio quadrada. não dava pra mastigar. não valia a pena. e também se mandou, depois de analisar minhas qualidades literárias e comparar às dos africanos. ela sonhava grandezas. acho que se decepcionou, e deve ter dado pane em seu sistema de medida.

julião acalmou sua intransigência. aceitou o boldo, mas com limão. passou a falar em tom mais brando, lamentando o internamento do nosso amigo. à porta de saída eu lhe disse:

pode contar com a minha visita pro evandro. posso levar alguma coisa?

ele franziu a testa e descarregou quase gritando:

leva juízo! fala com exu. e, conforme for, leva juízo bem ensanguentado, tá bom?

e saiu, fazendo faíscas com seus saltos carrapeta.

fui pra cozinha. joguei o café na xícara. pensei no falar gritado do julião. dizia ele ser um traço cultural afro... quando fui adoçar tive um estalo. corri à sala. justo: julião tinha levado o livro "o negro revoltado", do abdias. era a primeira edição, comprada em livraria sebo. droga! então era aquilo: fez cena, falou alto, gesticulou, tudo para roubar um livro.

meti o paletó. alguém bateu. meu cão cheirou a porta. empinou o rabo ao máximo. gemeu de alegria. abri. era vovó.

evém eu de novo, meu "fio".

acendeu seu pito, depois de descansar a bengala. ficou fumando histórias horas seguidas. depois, pediu-me os únicos trocados e se foi. meu cachorro acompanhou-nos até a porta e retornou para fazer sua rodilha. esperei que ela sumisse na esquina. fui atrás do meu livro.

não está. falou que ia até sua casa! e me bateu seu mau humor na cara.

parecia estar um pouco nervosa a mulher do julião. encostei-me no muro para esperá-lo. passou uma tartaruga carregando um bicho-preguiça... a mulher de meu amigo abriu de novo.

desculpe. quer entrar? perguntou sorrindo.

um tanto sem jeito, lá fui eu suportar a tentação. a mulher era o que havia de exuberância. umas pernas de dar tontura. pedi água com açúcar depois de meia hora. os filhos fora. ela insistia conversar sobre o marido, com as pernas bem cruzadas. eu via. tinha feito a primeira-comunhão olhando meio de lado. até que ela pediu para ler um poema.

tomei a liberdade de me colocar no ponto de vista masculino. o julião não gostou. mas quem sabe você...

abri a audição, que os olhos eu não conseguia mais. da voz **docelicada** ouvi:

adentro esta manhã
pelo sol
aberto no horizonte
de tuas pernas

verão umedecido pelo orvalho
entro e saio
nossas mãos são pássaros
no dia despertado

súbito subimos ao máximo
penas no espaço
despencamos
no colo
da tarde

a noite vem saindo leve
lenta
pelos nossos poros
e na voz
uma canção do cosmos.

não aguentei: viva a mulher do próximo! resultado: vexame. levei uma descompostura de sair fumaça pelos olhos e...

rua!

lá fui, com a vergonha, a moral e os bons costumes a me sovar com cascudos de arrependimento.

acalmei a fervura do rosto no primeiro bar, sem ver quem estava a meu redor. **preciso esperar o julião antes que ele entre. senão vai ser aquele forrobodó. da esquina dá pra ver**, pensei e segui.

nem bem chego, passa uma viatura. dá marcha-à-ré. descem os guardas. pedem-me documentos, depois de colocarem duas metralhadoras apontando-me o rosto e um cano de revólver entre as costelas. expliquei-me, carteira de trabalho aberta. aguardava um amigo. o mais graduado deles zombou:

não está esperando psicóloga, não é? pelezão foi um só, viu, meu chapa! se aparecer outro, eu capo!

a língua do sujeito parecia até uma navalha de satisfação ao pronunciar a ameaça. senti medo, depois asco de lembrar daquele mendigo estuprado por uma mulher de classe média. o medo foi maior. acheguei-me um pouco mais meus testículos. o policial saiu rindo com seus parceiros, dentre os quais um afro-brasileiro mais escuro que eu. meus dentes caninos cresceram. eu era o primeiro vampiro negro da história. queria uma vítima que fosse rica e racista para espetar minhas presas no pescoço. depois ela cumpriria a sina de me trazer mais súditos. nisso, veio vindo um bêbado. pensei: **é chupar o sangue desse aí e fico de porre e não vejo julião passar.** encolhi os dentes.

me dá um cigarro, patrício!

dei.

tem fogo?

cliquei o isqueiro. ele acendeu calmamente e foi soltando uma fumaça vermelha.

que é isso? perguntei assustado.

é sangue gasoso, respondeu rindo. *da nossa gente. apenas estou fumando o passado, o presente e, quem sabe, o futuro. tem muito sangue largado por aí tudo. agora o governo tá mandando pra dentro. tem uns caras da raça que chegam:* **quanto é?** *você diz. se valer a pena, eles te metem a agulha. só que tem de sair com dignidade junto. senão os caras não querem.*

deu outras baforadas e prosseguiu:

dignidade pra fazer cavaco, politiquice. branco dá migalha e põe cangalha. e os patrícios é que andam vendendo a gente. já não bastou a escravidão?

eu ia tentar discutir, mas ele não me deu tempo. afastou-se num balé curvelíneo. algumas baratas no meio-fio puseram-se a cantar:

cai, cai, pingão
cai, cai, pingão
aqui sobre este chão.

vem roncar
vem roncar
vem roncar
nunca pense em acordar.

ele esmagou algumas e desapareceu na esquina, acompanhado de uma nuvem rosa sobre a cabeça, uma das suas baforadas.

voltei a pensar em julião. se ele já tivesse passado, na certa eu não mais veria à primeira edição do meu "negro revoltado". voltei ao portão da casa. tudo escuro. certamente não retornara. afinal, ele sempre dormia depois da meia-noite. trabalhava até as tantas. tinha dezesseis filhos para sustentar e sonhava com sua entrada na academia mulata de letras. ao me virem à tona as investidas literárias de julião, pensei: **pode ser que tenha esquecido de dizer: levou o livro emprestado. mas não é possível. ele deve possuir esse livro. não lê quase nada, mas coleciona tudo...**

e assim estava tentando superar meu egoísmo, quando senti uma ponta nas costas.

passa tudo, meu! nem um pio. vacilar, morre. rasgo sem dó.

ainda bem que antes de sair de casa eu tinha feito uso do vaso sanitário. mas, minhas pernas... eletrocutadas! eu sem um puto centavo no bolso. até que lembrei de um pobre relógio parado há meses no pulso. ia oferecer, mas não consegui abrir a boca. um bolo na garganta. **palavras, queridas minhas, como vocês são covardes na hora do choque!** lamentei em pensamento. a ponta nas costas espetou-me um pouco mais. o cara dizia grosso a ameaça. de vez em quando desafinava. isso me demonstrou o teatro. não era tão bandido assim. **baixo-**

profundo de araque. no auge do perigo estava eu a fazer troça em pensamento. sem dar conta, as palavras saíram-me à revelia:

muito prazer, eu sou barítono.

o cara, então, riu gostosamente e virou-me pelo ombro. era o evandro com o olhar cheio de contentamento. abraçamo-nos.

brincadeira, brincadeira, brincadeira... só queria te pregar um susto, ditinho. eu não sou disso, você sabe...

depois de algum tranco na respiração, relaxei:

e então? disseram-me que você enlouqueceu...?

ele riu de novo, mostrando nenhuma falha nos dentes.

bobagem. piada de mau gosto. é que agora faço parte de um grupo de negros superdotados. não tenho culpa de ter qi 150. andam falando que é uma associação de loucos. nosso presidente é o afanil. o sujeito tem 230. é um fenômeno. até já foi estudado.

o nome não me era estranho. alguém havia me falado dum sujeito, com apelido de foulook. era um tal, que ora se dizia advogado, ora médico africano e aproveitava-se de qualquer grupo negro para faturar alguma verba. arrisquei a pergunta:

tem dinheiro na coisa, evandro?

ele fez muxoxo. esticou os lábios e respondeu:

lógico. dinheiro de um branco. um empresário. o camarada é um pintor de mulatas. diz que o médico recomendou para as horas vagas como tratamento da impotência. mas, apesar desse pequeno senão, apostou em nós. é um branco negreiro. adora samba e não viaja sem ir ao terreiro antes. é isso: o pessoal que está criticando não percebeu o alcance do nosso projeto. já conseguimos financiamento para vários projetos de importância para a comunidade. por exemplo, um levantamento de negros que ganham acima de 10 salários mínimos. depois vamos distribuir nomes e endereços dos caras para todos os mendigos e favelados da raça. vamos ver se a solidariedade funciona.

tirou o olho esquerdo de vidro e disse-me:

segura pra mim, dito.

segurei. limpou o buraco com um lenço de seda amarelo.

mas, e a massa, a maioria de nossa gente? não vai ser pesquisada? questionei.

ele piscou-me com sua pálpebra murcha e argumentou:

a massa, com o tempo a gente modela. sempre foi assim na história.

depois disse alguma coisa parecida com "revolussim"... o ruído de um avião encobriu-lhe a fala. em seguida apertou-me a mão com força e se afastou apressadamente. o evandro já do outro lado da rua, gritei:

evandro, teu olho! mas ele nem me deu pelota.

desisti. coloquei a bola de vidro no bolso do paletó. tentei calcular o tempo em que estava ali à espera de julião. um oco por dentro. não consegui. evandro levara-me considerável parte de meu poder de raciocínio.

mas será o benedito! gritei em tom desesperador.

e são benedito apareceu a minha frente.

pode falar, meu filho. de terça-feira também sou ogum. pode pedir, xará!

fiquei encabulado com tanta solicitude, mas fiz minha queixa. ele **introssaiu** de mim, prometendo resolução desde que eu acreditasse. me deu um sono... encostei no muro da casa de julião e, nem bem abaixei as velas da vigília, fui sacudido. era o amigo esperado.

vamos entrar, falou, puxando-me pelo braço.

já na sala, ouvi conversa vindo da cozinha. apurei os ouvidos. a mulher dele falava a uma criança que repetia:

sou negro, és negro, é negro, somos negros, sois negros, são negros.

julião percebeu minha curiosidade e logo me pôs a par:

é a mulher tomando a lição do mais novo. o garoto deu pra ter insônia. dorme quase nada e acorda assustado, perguntando por que não é branco. aí, ela não perde tempo. sem a lição da dignidade na ponta da língua, como é que vai competir nesse mundão, não é, benedito?

ele me ofereceu uma bebida forte. **ben..dita[[[:::seja a con..[..tradição**, pensei torto e conturbêbado. em seguida deu-me um branco. não sabia o que me levara até ali. o amigo ajudou-me.

quando julião disse-me pela milésima vez – acho – não ter pego o livro e jurou pelo seu sucesso literário, saí. a esposa dele (alívio) não revi. cheguei à rua. o pensamento era uma lesma exausta. com aquela ausência de mim, andei um tanto de ruas e parei em sinal de respeito. um nissei e um casal de noivos loiríssimos deitavam um trabalho na encruzilhada. esperei. abriram garrafas de uísque e saquê. baixou um guia e cantou um ponto em quioco. desceu outro e gorjeou um trecho de ópera. segui meu caminho. dei por mim no largo do paissandu. a lua pareceu o olho do evandro no céu. um vazio em volta... (((rajada de medo. arriado em desânimo insociável. raiz no asfalto(((... aos pés do monumento uma oferenda. acima, a mãe-preta, imóvel, com o menino branco no colo abocanhando-lhe a teta. zunido de inseto sonâmbulo: zzzzzzzz... um sono abelhando-me as pálpebras. entre tudo e nada consigo pensar pausando **((([[[[... conseguiram... lept lept lept lept ...+++++eternizar+++++...'''('('esta humilhante ama... chup chup chup... mentação...sssssss... devem estar querendo ma... ?%?%?%.. mar a vida inteira!!! dá vontade de pôr no lugar a estátua de luiza{{{{{mahin com uma arma na mão... mas pode ser um truque. quem será?????????? por detrás dela vem receber o despacho?..** ((((((((!)))))))) desperto! olho a gamela. meu livro lá, junto à canjica, feijão fradinho, bicho de pata sacrificado, velas acesas em volta. faço menção de apanhá-lo. o sagrado barra o impulso. da igreja da irmandade nossa senhora do rosário dos homens pretos sai um padre negro. batina azul e branca. pés no chão. um ar de decisão afetuosa.

pode pegar. fui eu quem pôs aí. era mesmo pra você. o juízo também está de volta. no sangue.

uma brisa me percorre.

mas, deixa aí o olho do rapaz. é dele. não serve muito. é verde, viu? esperança de vidro na cara de patrício é bobagem, diz e ri.

jogo o olho na gamela. beijo-lhe os panos. ele afaga-me a cabeça e volta para de onde veio. passo a mão no **revoltado** que é muito meu e saio disparado de contente. quem levou até ele se perder, não sei. deixo, na primeira encruza, cigarros e fósforos pegos sob o monumento. um raio de fogo me esquenta o peito. no meu céu de dentro um meteoro traça uma trajetória de maravilha. alegria saltitante regendo a harmonia das estrelas. carícia de veludo sobre mim. agora os passos deixam marcas verdes por onde passo. tudo é possível neste imenso abraço. auroras nascem no rosto da paciência. na boca florescem-me todos os sabores da redenção futura. é manhã e a mesa está posta para os amigos e os que tentaram fazer-me inimigo. o perdão conquistado nos jardins de mim enfeita o ambiente novo desta plenitude. armadilhas enferrujadas no museu da memória. aves multicoloridas batem asas no iluminado túnel das pupilas. palmeiras cantando uma puxada-de-rede diante do mar da esperança: *e nana ê...ê nagô... ê nana ê... na ê.. puxá...* o azul aflora suas nuanças de infinito. bundas livres cadenciam num partido-alto no mais alto estágio do espírito. deuses de todos os matizes achegam-se para dançar. olorum energiza-me a praça livre do coração. o útero da noite se abre. ouço o vagido. nasce o crepúsculo, gargalhando após o choro uma explosão de cores sobre a cópula coletiva envolvendo a terra o fogo a água o ar. abro a porta para que adentrem todas as saudades e as recebo irmãs na planície de meu carinho. viver todas as sementes do destemor! corada em melanina, a coragem rege os tambores de uma nova vida e um novo canto. todos os oceanos fecundam-me o sangue e os continentes juntam-se-me à carne, emergindo a imensidão de ser. deitado em profunda contrição, o egoísmo atinge o erê e é cuidado pela sabedoria do amor. colho diferentes e saborosos frutos em cada esquina de olhar. em toda boca há um beijo pronto. as estátuas cumprimentam todos, livres de suas imobilidades. supérfluos os documentos de boa vontade. a memória se desnuda e inicia o toque. bato cabeça neste terreiro em louvor ao universo inteiro, na frequência ininterrupta do nascimento das galáxias...

e por aí adentro, abraçado ao **mistério revoltado**. eu neste estado e eles hesitavam, vermelhos em suas vergonhas. meu cão, acolhedor em sua ternura sem fronteira, late, abana o rabo, anunciando as visitas indecisas. vovó tricoteia sonhos, ri bondades profundas nos olhos e

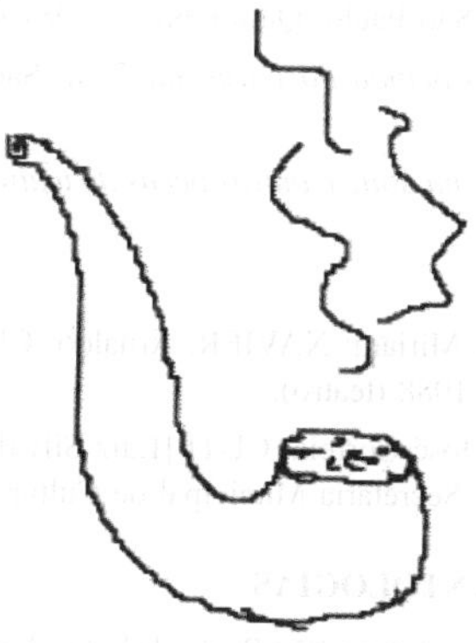

O AUTOR

Cuti é pseudônimo de **Luiz Silva**. Nasceu em Ourinhos-SP, a 31.10.51. Formou-se em Letras (Português-Francês) pela Universidade de São Paulo, em 1980. Foi um dos fundadores e membro do Quilombhoje-Literatura, de 1983 a 1994, e um dos criadores e mantenedores da série Cadernos Negros, de 1978 a 1993. Mestrando em Teoria da Literatura, no Instituto de Estudos da Linguagem – Universidade Estadual de Campinas.

OBRAS

Poemas da carapinha. São Paulo: Ed. do Autor, 1978.

Batuque de tocaia. São Paulo: Ed. do Autor, 1982 (poemas).

Suspensão. São Paulo: Ed. do Autor, 1983 (teatro).

Flash crioulo sobre o sangue e o sonho. Belo Horizonte: Mazza Edições, 1987 (poemas).

Quizila. São Paulo: Quilombhoje, 1987 (contos).

A pelada peluda no Largo da Bola. São Paulo: Editora do Brasil, 1988 (novela juvenil).

Dois nós na noite e outras peças de teatro negro-brasileiro. São Paulo: Eboh, 1991.

CO-AUTORIA

ALVES, Miriam; XAVIER, Arnaldo; CUTI [Luiz Silva]. *Terramara.* São Paulo: Ed. dos Autores, 1988 (teatro).

LEITE, José Correia; CUTI [Luiz Silva]. *...E disse o velho militante José Correia Leite.* São Paulo: Secretaria Municipal de Cultura, 1992 (memórias).

TEXTOS EM ANTOLOGIAS

SOL na garganta. São Paulo: Ed. dos Autores, 1970 (2 contos).

QUILOMBHOJE (org.). *Cadernos negros 1 a 16, 18 e 19.* São Paulo: Ed. dos Autores, 1978 a 1996 (poemas e contos).

COLINA, Paulo (org.). *Axé: antologia contemporânea da poesia negra brasileira.* São Paulo: Global, 1982.

QUILOMBHOJE (org.). *Reflexões sobre a literatura afro-brasileira.* São Paulo: Conselho de Participação e Desenvolvimento da Comunidade Negra do Estado de São Paulo, 1985 (ensaio).

CAMARGO, Oswaldo de (org.). *A razão da chama.* São Paulo: GRD, 1986 (poemas).

ALVES, Miriam; XAVIER, Arnaldo; CUTI [Luiz Silva], (orgs.) *Criação crioula, nu elefante branco.* São Paulo: IMESP, 1987 (ensaios do I Encontro de Poetas e Ficcionistas Negros Brasileiros, SP, 1985).

DUBOC, Julia (org.). *Pau de sebo*: antologia de poesia negra. Brodowski: Projeto Memória da Cidade, 1988.

CAMARGO, Oswaldo de. "Antologia Temática". In:_____. *Negro escrito.* São Paulo: IMESP, 1988 (poemas e conto).

AUGEL, Moema Parente (org.). *Schwarze poesie – Poesia negra.* Tradução por Johannes Augel. St. Gallen; Köln: Diá, 1988 (alemão-português).

WILMS, Anno (fotografia). *Ismael Ivo – Körper und tanz.* Tradução para o inglês do poema "Vínculo", de Cuti [Luiz Silva], por Aristides Barbosa. St. Gallen ; Berlin ; São Paulo: Diá, 1990 (texto em português, inglês e alemão).

LEHMANN, Reinhardt (Redaktion). *ad libitum Sammlung Zerstreuung.* nr. 17. Berlin: Volk und Welt, 1990 (poemas em alemão).

BERND, Zilá (org.). *Poesia negra brasileira.* Porto Alegre: AGE; IEL; IGEL, 1992.

AUGEL, Moema Parente (org.). *Schwarze prosa – Prosa negra.* Tradução por Johannes Augel; Marianne Gareis. St. Gallen ; Berlin ; São Paulo: Diá, 1993 (contos em alemão).

ROWELL, Charles H. (ed.) *Callaloo – African Brazilian Literature: a special issue,* vol. 18, n.4. Baltimore: The Johns Hopkins University Press, 1995 (entrevista, contos e peça teatral em português e inglês).

COLEÇÃO GRIÔ:

Poesia

VEM MULHER VEM SEMPRE
Jorge Posada

DO CINZA AO NEGRO
Waldemar Euzébio Pereira

PAÍS INDIG(O BLUE) NAÇÃO
Marcos Dias

É IMPERATIVO PESCAR
Marlene Mendes de Freitas

Texto

A MULHER NEGRA QUE VI DE PERTO
Nilma Lino Gomes

NEGRO, QUAL É O SEU NOME?
Consuelo Dores da Silva

DANÇA NEGRO, GINGA A HISTÓRIA
Maria Zita Ferreira